SV

Manuel Rivas
In wilder Gesellschaft

Roman

Aus dem Spanischen
von Elke Wehr

Suhrkamp Verlag

Die Originalausgabe erschien 1993
unter dem Titel *En salvaxe compaña*
bei Edicións Xerais, Vigo.
Übersetzung ins Spanische durch den Autor:
En salvaje compañía,
Alfaguara, Madrid 1994.

Die Übersetzung wurde gefördert
aus den Mitteln der Dirección General del Libro,
Archivas y Bibliotecas
des spanischen Ministeriums
für Bildung und Kultur.

Erste Auflage 1998

Druck: Wagner GmbH, Nördlingen
Printed in Germany

In wilder Gesellschaft

Stolze Raben von Xallas,
wie streift ihr müßig umher
in wilder Gesellschaft,
ohne Heute noch Morgen,
wer euch begleiten könnte
durch das endlose Ödland!

Eduardo Pondal

1.

Es gab dreihundert Raben, vom Wind gekämmt.

Und es gab ein kleines Mädchen und eine Kirche.

Eines Tages bemerkte das Mädchen, das immer dort in der Nähe spielte, daß alle Tiere und die Bäume verstummten. Mehr noch, sie lauschten ganz still, die Raben in der Schwebe, wie Pinselstriche aus Blütenstaub von stumpfem Glanz.

Plötzlich verblaßte das Licht, und aus dem Nichts des Meers von Fora fiel ein Sturm ein, der den ganzen Himmel von Nemancos in Glasstaub zerspringen ließ.

Das Mädchen, ein Kindchen an sich gepreßt, das ein Hund mit Harlekinstupfern war, suchte Zuflucht in der Vorhalle, wo es von der Gesellschaft des Orchesters der alten Musiker wußte und von einem steinernen Propheten, der lächelte. Aber es gab auch einen grob gearbeiteten Totenschädel, der sie an diesem Tag mit der dunklen Leere seiner Augen anstarrte. Das Mädchen stieß also die Tür auf, die knarrte, und betrat die Kirche, die aus drei Schiffen mit hohen Säulen bestand und ihr an diesem Tag, ohne Menschen, wie der Saal eines riesigen Palastes erschien, der lange Zeit vor Eindringlingen geschützt geblieben ist.

Und sie bekreuzigte sich am Weihwasserbecken, auch den Hund, und kauerte sich auf eine der hinteren Bänke, nah einer Jungfrau mit schmerzerfülltem Gesicht und schwarzem Trauerumhang, das nackte Herz von sieben Schwertern durchbohrt.

Mädchen und Jungfrau betrachteten einander voll Angst, denn jetzt krachten schrecklich die Donnerschläge, rollten wütend über die Dachziegel. Und der Kleinen kam der Gedanke, daß der Wagen der Gewitter genau über der Kirche innegehalten und daß er es auf sie abgesehen hatte, die sie etwas in ihrem Innern herumtrug, etwas bodenlos

Tiefes, das ihr bisweilen den Bauch zerfraß und durch das Maul des Hundes jaulte. Und sie beschloß nachzusehen, ob jemand in der Sakristei war, hoffentlich die Mutter, der es oblag, die Blumen in die Gefäße zu ordnen und die Kerzen anzuzünden. Aber als sie schon auf dem Weg war, schlug ein Blitz in den Glockenturm ein und ließ die Metallteile erglühen. So gewaltig war das Krachen des Donners, daß sich den Steinen die Eingeweide umdrehten. Dem Mädchen versagten durch den Schrecken die Beine, und es lehnte sich gegen die weißgetünchte Mauer, die Augen geschlossen, in der Hoffnung, so ginge es vorbei.

Als das Getöse sich entfernt hatte, nurmehr ein Trab auf der Himmelsstraße, die nach Compostela führt, verließ das Mädchen sein Schneckenhaus auf der Suche nach Luft und Licht, und dabei spürte es einen Staub an den Wimpern und auf den Lippen, und dann sah es im Umkreis, auf Steinplatten und Bänken, einen Absturz von Kalk, der in dicken Krusten und in kleinen Flocken wie Schnee verstreut lag.

Da ertönte auf einmal Menschenlärm und Gelächter und Röckerauschen und ein Geräusch wie von einer Bühnenmaschinerie. Das Mädchen kehrte an die Mauer zurück, und als es sah, was es sah, wollte der Körper sich am Bauch abermals in das Schneckenhaus zurückziehen, aber die Augen gehorchten ihm nicht, denn sie weiteten sich ganz von allein und taumelten von einem Ende zum anderen, wie auf Schienen, und dann im Kreis, wie beim Achtertanz. Und dem Mädchen gelang es, sie einen Augenblick abzuwenden, um zu sehen, was die Jungfrauen sagten, aber die Bildwerke standen starr, nicht wie immer, sondern vor Verwunderung.

Die alte Mauer war jetzt eine Kaskade aus Farben. Und als das Mädchen die Augen in der Gewalt hatte, sah es, daß die Farben auch Formen waren und die Formen Leute, Menschen und Tiere, die durch das Licht in Flammen standen und alles übrige verdüsterten. Wie geblendet durch dieses Übermaß, wich sie zwei Schritte zurück und stieg auf eine Bank. Und von dort aus, in Blickhöhe, erkannte sie, weil sie aufs Kleine schaute, einen Raubvogel mit einem Frauenkopf, der ihr nicht so sehr Angst einjagte, als daß er ihr spaßig erschien. Aber den größten Gefallen fand sie an den Damen, von denen die meisten wie aus dem Märchen waren, wunderschön, gekleidet wie Königinnen und mit soviel Eleganz, daß man den Goldfaden in den Stickereien sah und die Spitzenschmetterlinge, die die Samtstoffe säumten, und die Fasson des Silbers an den Haarnetzen, ganz zu schweigen vom Gefunkel der Gemmen und dem herrlichen Edelsteinschimmer der Juwelen. Und sie fand es sehr lustig, daß eine der Schönen auf einem Bock ritt, und lustiger noch einen Teufel, der karnevalesk hinter dem Bühnenvorhang hervorlugte, mit einem Dreizack im Anschlag.

Und das Mädchen hörte Rufe, die nicht aus der Phantasie kamen, sondern aus der Vorhalle, und sie riefen es nach Art der Mutter, die schon zum Portal hereinkam zwischen den Lanzen der Sonne, die nach dem Gewitter wiederauftauchen, um unter musikalischem Gezwitscher die verschreckte Haut der Erde zu zwicken. Sie trug, ins Umschlagtuch gehüllt, ein Jesuskind in den Armen, eines von den richtigen, von dem nur sie wußte, wie schwer es war, denn mit ihm war sie durch das Dorf gelaufen, auf der Suche nach dem Mädchen, seitdem sie gemerkt hatte, was der Blitz im Schilde führte. Und die ganze Angst, die in ihren Augen lag, galt der mit den Zöpfen, die Gott sei Dank in der Kirche herumhüpfte, Gott zum Dank würde sie ihr auch den Hosenboden versohlen, nur ein Wunder könnte sie retten.

Schau mal, Mama, alles voller Heilige!

Und die Mutter bekreuzigte sich nach dem ersten Eindruck und fiel auf die Knie, sicher sah sie nichts als reich gekleidete Heilige, ohne in diesem Augenblick zu gewahren, daß eine schwanger war, eine andere schamlos eine Brust zeigte, wieder eine andere ein Spanferkel am Bratspieß hielt, gar nicht zu reden von der Harpyie und von der, die auf dem Bock ritt. Und angelockt von der Mutter, die laut schreiend hinauslief und durch die Gassen rannte, um das Wunder von Arán zu verkünden, eilten die Dorfbewohner herbei, die mindestens ein halbes Hundert zählten, aber vor Zeiten mehr gewesen waren und genug, um ein großes Herrenhaus und ein Kloster mit Abt zu unterhalten. Von den einstigen Mächten war nur eine Soutane übrig, die von Don Xil, der verwandt war mit der Herrschaft und der, um auf die Geschichte zurückzukommen, der letzte war, der von ihr erfuhr, weil er sich auf der Jagd nach einem immer wieder entschlüpfenden Hasen befand, der ihn verhext hatte. Als er niedergeschlagen zum Pfarrhaus zurückkehrte, die Zunge des erschöpften Hundes auf den Fersen, bemerkte er voll Überraschung, daß die Portale der Kirche weit offen standen und die Kerzen im Innern brannten. Und der Pfarrer beschleunigte seine Schritte, denn er fürchtete einen Schaden von dem Gewitter, das sie auf den Wiesen überrascht und ihre Jagdlüste durchnäßt und sie gezwungen hatte, sich in einer Mühle unterzustellen, von wo aus sie den Hasen laufen sehen konnten, unversehrt, eingehüllt in eine leuchtende Aureole, bis er im Dunkelgrün der Erlen verschwand.

Was der Pfarrer in der Kirche vorfand, waren viele Leute, die auf der im Halbdunkel liegenden Seite ins Gespräch vertieft waren. Da niemand ihm Aufmerksamkeit schenkte, denn ihn tarnte die Dunkelheit, trotz des

Eisenbeschlags der Stiefel, der auf den Steinplatten hallte, setzte er zu ein paar unerläßlichen Worten an, aber sofort wurde er vom Schein der Kandelaber angezogen, die vom Altar der schmerzensreichen Jungfrau aus die Mauer erleuchteten.

2.

Ihr müßt wissen, sagte der Pfarrer in der Sonntagspredigt, daß es keine Heiligen, sondern Sünderinnen sind. Schlimmer noch, sie sind die trügerische Darstellung des Bösen, sie sind die Sünden selbst. Diese schön aussehenden Damen, die eure Blicke fesseln, wenn ihr nicht gewarnt werdet, sind in Wirklichkeit Versuchungen mit schwarzer Seele, Herolde der Hölle, die sieben Häupter ein und derselben Schlange.

Die Kirche war gedrängt voll von Menschen, wie zu Mariä Himmelfahrt oder am Allerseelentag, denn viele waren aus der Umgebung gekommen, um jene Jungfrauen von Arán zu sehen, die auf der Mauer erblüht waren und die sie nicht gerade zutreffend, wie es schien, die heiligen Gestalten nannten. Und der Pfarrer hatte die Nacht durchwacht und die Predigt vorbereitet, wie die Augenringe in seinem rotwangigen Gesicht verrieten, denn etwas in seinem Innern sagte ihm, daß sein Amt auf dem Prüfstein stand und die Dinge wieder zurechtgerückt werden mußten. Und obwohl ihm der Hase ab und zu zwischen die sepiafarbenen Furchen des *Ratgebers für Pfarrer oder Kleine Predigten für die Dorfbevölkerung* geriet, arbeitete er gewissenhaft an seinen Worten, und er probte sogar die Handbewegungen und das Auf und Ab der Rede, denn all das hatte er sehr vernachlässigt, hatte zugelassen, daß die heiligen Worte in einem Winkel des Dachbodens vermoderten, lustlos, wie er im Lauf der Jahre geworden war, niedergedrückt durch die verhängnisvolle Stummheit, mit der sich das Gesetz des Lebens äußerte, gequält von seiner tierhaften Beschmutzung, von jenen Schwächen, die ihm jetzt in Engelsgestalt erschienen, denn durch die Furche der Schriften lief auch das Mädchen mit den Zöpfen, das gleiche, das da war, gegenüber der Kanzel, in einem blauen

Kleidchen mit weißen Mäandern und großen pechschwarzen Augen, die durch die Dinge hindurchsahen.

Die ihr dort seht, sagte Don Xil, während er anklagend den Finger ausstreckte, wie sie mit unschuldiger Miene und großer Anmut in der linken Hand den Zweig der Steineiche hält und mit der rechten dem Schwein die Eichel nähert, während ein Edelmann in einer Rüstung aus stählernen Schuppen ihr den Rücken deckt, ist keine andere als die Habgier, die von allen Wurzeln des Bösen die unersättlichste ist. Und ihr seht, daß das Schwein seiner Herrin die Schnauze entgegenreckt, denn nach einer Eichel will es eine weitere, und wenn es keine mehr gibt, dann wird es in der Erde wühlen, denn so macht es die Habgier mit den Menschen, die von ihr besessen sind, die alles haben wollen, das Eigene und dazu das Fremde, und sie hören nicht auf, Ränke zu schmieden, bis sie es haben. Sie sind alle eins, das Schwein, der mit der Rüstung und die Dame, aber sie, die Frau ist es, welche die Sünde verkörpert.

Und seht mir auch ja nicht jene andere mit Wohlgefallen an, die daneben ist, die dünkelhafte, gekrönte, rotgewandete von adliger Erscheinung, denn sie ist nichts anderes als der Hochmut, mit einem Spiegel in der einen und dem Pfau in der anderen Hand. Die auffällige Farbe täuscht niemanden, der sich nicht dazu hergibt. Rot ist das Feuer der Hölle, und rot kleidet sich zornblütig jener, der über ihre glühenden Roste herrscht, der Gehörnte, der im Grunde das ganze Bild regiert, der den Unbedachten auflauert, der uns die Zunge herausstreckt.

Alle sind sie miteinander verwandt, aber die jetzt kommt, ist mehr mit der ersten verschwistert und heißt Geiz. Sie hat einen aufgeblähten Bauch, als ginge sie schwanger, aber was sie in ihrem Leib trägt, ist kein gesundes Kind, sondern die verächtliche Frucht der Gier, den Blutegeln gleich, jenen unersättlichen Würmern, die das Gefäß füllen, das sie in der Hand hält.

Seht nur, wie die Gestalten täuschen, denn diese schön anzusehende Dame mit roten Wangen und schwarzem Haar ist nichts anderes als der Zorn. Personen dieser Wesensart, den Jähzornigen, zieht es die Hand zum Eisen, und da haben wir das Schwert, aus der Scheide gezogen, und in der anderen Hand die brennende, rauchende Fakkel, und gesagt ist *Fumantem viri nasum ne tetigeris*, das heißt: Faßt einem Mann, der vor Zorn raucht, nicht an die Nase.

Und hier machte Don Xil eine Pause, um die Saiten des Lateins vibrieren zu lassen. Und ihm schien, als folgten sie der Predigt sehr aufmerksam, denn in vollkommenem Einklang miteinander wandten sie ihm die Köpfe wieder zu, nachdem sie die Bilder des Freskos betrachtet hatten, obwohl die Leute vielleicht einen anderen Blickwinkel hatten und den Rauch aus seiner eigenen Nase und das Rot an seinen eigenen Wangen suchten, denn der Pfarrer stand im Ruf, unter anderen Eigenschaften von sehr zorniger Wesensart zu sein.

Und da jeder, tief im Innern, seine Fehler weiß und wo es hapert, erfaßte ihn größeres Bedenken bei der folgenden Dame, die, stolz auf einem Bock reitend und ein Rebhuhn liebkosend, jetzt im Mittelpunkt der Blicke stand und eine Verdammung nach dem Maß einer solchen Dreistigkeit forderte. Don Xil dachte, daß Gott wahrlich recht zu fürchten sei und daß er die menschlichen Lebensfäden unerbittlich bewegte. Was da gerade geschah, konnte nur als eindeutiger Hinweis verstanden werden, daß Gott ihn aufs Korn genommen hatte, und das versetzte ihn in Schrecken, denn sein Glaube, und einen solchen besaß er, war nicht der intuitive und gefühlsmäßige der Einfältigen, um den er sie so beneidete und der ihn im

Grunde erzürnte, sondern die absolute Gewißheit, daß Gott existierte, daß er in der Tat allmächtig war und daß seine Geduld eine Grenze hatte. Er konnte es zwar nicht verkünden, aber die beste Art und Weise, mit Gott auszukommen, bestand darin, von ihm unbemerkt zu bleiben, und das Schlimmste, was passieren konnte – wie wenn der Blick des Herrn plötzlich auf den zerstreuten Sklaven fällt oder ein Mensch gerade unter der Spitze des flöhetötenden Fingers ein Tierchen bemerkt –, das Schlimmste war, daß aus irgendeinem Grund das Auge des Allerhöchsten auf ihn fallen, daß er ihn mit seiner unendlich vergrößernden Lupe in dem abgelegenen, in der Zeit verlorenen Dorf ausfindig machen könnte.

Laß mich los, mein Gott, laß mich los!

Aber das war es nicht, was er rief, sondern er wies mit anklagendem Finger auf die mit dem gelockten Haar, die das Rebhuhn liebkost und den bestiegen hat, der besteigt. Die Wollust! Und er bemerkte, daß sie seine Lippen lasen, daß sie eine Sache hörten und eine andere vernahmen, und er zählte bis zehn und tat es bedachtsam, damit niemand vergäße, daß vor allen anderen Dingen er war, der er war, daß er über dem Morast schwebte. Er war das Wort, die Stimme des Jenseits. Und er verlor die Angst vor allen, auch vor dem Blick des Mädchens. Die da, der ein Tuch die Schamteile bedeckt, ist eine Magd des Teufels, für den sie allezeit arbeitet, und die Frucht ihres flüchtigen Genusses ist nur das Verderben. Dem Tugendhaften und Sklaven des Herrn flößt sie Abscheu ein, sie verheert die Güter der Erde und entfernt uns vom Himmel. Reiten tut sie auf einem Bock, wie man gut sehen kann, welcher die Gestalt des ungezügelten Verlangens nach unreinen Handlungen ist, denn ihr werdet merken, daß diese Bilder, die man von altersher Allegorien nennt, zeigen, was sie wollen, ohne es zu zeigen. Wenn also die mit den Locken das Rebhuhn liebkost, dann dürft ihr nicht denken, dies sei eine unschuldige Geste. Wer diese Dinge des Tierreichs kennt, und unter euch gibt es erfahrene Jäger, sagte er, um bescheiden zu sprechen, dem wird das unersättliche Begehren dieses Vogels nicht unbekannt sein, ist das Männchen doch imstande, über das Weibchen herzufallen und das Gelege in wilder Paarung zu zerstören.

Es waren viele Menschen für eine so tiefe Stille, und der Pfarrer, der sie unverwandt anschaute, dachte, daß er vielleicht zu weit gegangen war in den Einzelheiten, ihm war, als hätte seine Zunge Räder, als hätte sie sich selbständig gemacht, so wie sicher auch dem anonymen kleinen Teufel, der das alte Fresko gemalt hatte, die Hand ausgerutscht war, als er die Laster unter dem Vorwand verschönte, sie zu bekämpfen, und den Ungebildeten den Kopf mit lasziven Bildern heiß machte, denn wie machtlos sind bisweilen die Worte gegenüber den Farben, gegenüber dieser explosiven Verbindung heimlicher Versuchungen und glühender Bannflüche, und wer könnte widerstehen, wenn er nach Hause kommt und sich allein sieht, Weib und Mann, Fleisch mit Fleisch, Haut auf Haut, während in der Erinnerung die mit den Locken rittlings auf dem Tier galoppiert und das Rebhuhn liebkost. Er selbst, innerlich aufgewühlt, spürte an der Zungenspitze den salzigen Geschmack der Haut der Sehnsucht, erlebte noch einmal die Szenen des Sündenfalls, als wären sie der entscheidende Augenblick der Existenz, und er begriff – es war nur ein glückliches und schmerzhaftes Aufblitzen, wie ein Funke, der ins Auge trifft –, daß das Mädchen, das Mädchen mit den Zöpfen, das verbotene Mädchen, verwünschte Blume, ausgesät auf dem Feld eines anderen, sein einziges Werk gewesen war, die einzige Spur eines Weges ohne Wiederkehr.

Und diese andere Dame mit dem Hals so lang wie ein

Vogel, den man Kranich nennt, die ein Spanferkel am Spieß hält, ist, man verstehe recht, die Völlerei, welche die Sünde ist, viehisch und ohne Maß zu essen, denn es gibt Leute, deren ganze Gier auf das gerichtet ist, was auf den Tisch kommt. Wenn sie einen so schmalen und langgestreckten Hals hat, im Gegensatz zur gewölbten Form des Bauchs, dann deshalb, um das Gegessene besser genießen zu können. Und dann kommt eine mit eher magerem und ausgezehrtem Gesicht, jene, die ein Herz in den Händen trägt. Glaubt nicht, daß es um Buße oder um Liebesschmerz geht. Das Herz ist ihres, und sie wird ihre Zähne hineinschlagen, so und nicht anders ist der Neid, denn das Gut oder Wohlergehen der anderen macht sie leiden. Betrachtet aufmerksam die Locken ihres Haars. Schlangen sind es, die sich als Symbol schlechter Gedanken ineinanderschlingen.

Und es gibt keine weiteren Damen mehr außer der, die im Sarg liegt. Das Ende des Weges. Der Tod, dieses Skelett, das am äußersten Ende der Mauer den Bogen spannt, verschont niemanden. Wo für die Glücklichen das wahre Leben beginnt, nimmt für die Sünder eine furchtbare Reise ihren Anfang, denn dieser vergiftete Pfeil stürzt sie in den stinkenden Kerker, in dem es keine Farben mehr gibt, nur die glühenden Zungen von Pech und Schwefel.

Ich weiß sehr wohl, sagte jetzt der Pater mit ernsterer Stimme, die die Gläubigen für vertraulich nahmen, ich weiß sehr wohl, daß an diesem Scheideweg weder die Freunde noch die Gefälligkeiten zählen und daß man nie weiß, wann der Krug voll ist. Einer winzigen Sünde wegen kann der Freund in die Hölle kommen, denn es sind die Lauen, denen Gottes größter Unwille gilt, und so, wie der Herr unsere Tage gezählt hat, hat er auch die Sünden gezählt, die er uns erlauben wird, den einen zwei, anderen zehn, noch anderen hundert. Aber wie soll man das wissen? Bei denen in Sodom duldete er viele und große, bis er die Geduld verlor, doch bei denen in Damaskus duldete er nur drei. Und Moses, der ihm so nahestand, nahm Gott einer einzigen Sünde wegen in der Wüste das Leben und brachte ihn darum, das Gelobte Land zu betreten. Und einer läßlichen Sünde wegen, die David beging, sandte der Herr ihm eine drei Tage währende Pest, die siebzigtausend das Leben kostete.

Und obwohl sie Amen sagten, kam es allen vor, als seien dies viele Tote für eine so geringe Sache, außer Rosa, dem Mädchen mit den Zöpfen, die mit den Fingern zählte und die Augen nicht von dem Skelett wandte, denn sie hätte schwören können, daß es nicht dort war am Tag der Entdeckung.

3.

Und es geschah, daß der letzte König von Galicien von seinem Bruder Don Alfonso, König von Léon, gefangengenommen wurde und bis zu seinem Tod als Gefangener in der Burg von Luna lebte, achtzehn Jahre mit Fußeisen gefesselt, und so bat er, in Ketten, wie er gelebt hatte, in der fremden Erde begraben zu werden.

Und deshalb wohnt er jetzt im Wald, in den Bergen von Peña Forcada, denn mancher hat ihn zwischen Canladrón und Home do Lazo gesehen, ein weißer Rabe mit silbernen Fußfesseln und einer jettschwarzen Kugel.

Und alle, die da fliegen, sagte die Señora, während sie plötzlich auf das Fenster zeigte, durch das man die Felder draußen sah, all jene, die gegen den Wind fliegen, sind seine Krieger. Die dreihundert Raben von Xallas!

Die Raben bringen Unglück, sagte Rosa vom Spülstein her. Sie hatte die Ärmel hochgekrempelt, und ihre Hände waren violett unter dem Kaltwasserhahn. Aber auch sie schaute durch die kleine Fensteröffnung, durch die das Licht auf das Geschirr fiel.

Ach wo! sagte die Señora mit diesem Lächeln, das ihr anhaftete und dem die Falten sich im Lauf der Zeit angepaßt hatten, als folgte die Haut einer sanften Bestimmung. Weißt du nicht? Die Raben ernährten die frommen Einsiedler mit Brot. Sie brachten dem heiligen Antonius einen Brocken Brot im Schnabel.

Ich habe einmal gesehen, sagte der älteste Junge mit weit aufgerissenen Augen, als erinnere er sich an einen Traum, wie ein Rabe eine Tüte mit Kartoffelchips gefressen hat.

Was für eine Marke? fragte das Mädchen, während es ihn mit dem Ellbogen anstieß.

Es waren die mit Zwiebelgeschmack.

Die mag ich nicht, sagte das Mädchen.

Ich auch nicht, versetzte der Junge. Der Rabe war oben, auf dem Dach, auf dem Schornstein, und mit dem Schnabel hat er die Tüte aufgerissen, so, richtig trickreich, er hat sie mit den Füßen festgehalten, und dann hat er einen nach dem anderen die Chips herausgeholt.

Igitt! Die schmecken gräßlich, sagte das Mädchen. Und sie brennen auf der Zunge.

Na, ihm haben sie geschmeckt.

In Wirklichkeit waren sie keine Krieger, erzählte die Señora weiter. Der König von Galicien war kein Mann des Schwertes. Sein Freund war der maurische König von Sevilla und auch der normannische König, im Norden. Dieser König war Vater einer wunderschönen Prinzessin, die sehr blond war und eine so weiße Haut hatte, daß man den Rotwein, den sie trank, den Hals hinunterfließen sehen konnte. Sie sollte den König von Galicien heiraten. Aber dieser wurde gefangengenommen, und der normannische König starb, ohne dem galicischen zu Hilfe eilen zu können.

Woran ist er gestorben? fragte der Junge.

Ich glaube, er fiel von einem Pferd, sagte die Señora. Manchmal sterben die Könige auf diese Weise.

Genau in diesem Augenblick kehrte Simón, der am Ende des Tisches eingeschlummert war, den Kopf an die Wand gestützt, den Mund halboffen und die Augen geschlossen, leicht verschreckt in die Welt zurück und schaute beunruhigt um sich.

Und wenn sie keine Krieger waren, was waren sie dann? fragte der Junge neugierig weiter.

Dichter, sagte die Señora, während sie erneut den ungeschickten Flug der Vögel gegen den Wind betrachtete, als wollten sie eine unsichtbare Glaswand durchstoßen. Der König von Galicien hatte ein Heer aus Troubadouren, die mit Harfen, Lauten und Drehleiern bewaffnet waren.

Ich habe gehört, ließ sich Rosa vernehmen, die jetzt einen Zinkkessel schrubbte, ich habe gehört, daß die Raben auch Verstorbene einer großen Hungersnot waren, die es einmal gab.

Und ob es die gab, sagte die Señora. Schuld war eine Kartoffelpest. Die Leute aßen Gras, und die Bauern starben auf den Straßen der Städte, wo die Lager mit dem Korn waren, das sie selbst geerntet hatten. Sie waren zerlumpt, ausgemergelt und klopften vergeblich mit den Türklopfern an die Portale. Einige, vielleicht die kräftigsten, nahmen sich das Leben, um sich nicht der Schande des Bettelns auszusetzen. Sie hängten sich im Morgengrauen an den Apfelbäumen auf. Viele andere gingen nach Amerika, zusammengepfercht in den Kielräumen der Schiffe, wie Sklaven.

Das ist hier passiert? fragte der Junge.

Das Mädchen war hinausgegangen und kam jetzt wieder hereingerannt.

Es stimmt, da ist ein Rabe! rief es. Er sitzt auf dem Schornstein.

Natürlich war er da. Er saß dort, um zu sehen, was es so gab, und im Dienst des Königs von Galicien.

Da sagte Rosa, sie sollten still sein, drehte den Wasserhahn zu und spitzte die Ohren. Dann trocknete sie die Hände an der Schürze ab.

Es ist der Kleine, sagte sie resigniert. Der Kleine weint, und das Abendessen ist noch nicht fertig. Das wird wieder eine Nacht!

4.

Und als die Dunkelheit hereinbrach, die nicht alles einhüllte, sondern das Himmelsbuch mit den zwölf Tafeln aufschlug, flog der Rabe des Hauses davon, mit heruntergezogener Kapuze, und begab sich zum König von Galicien, um ihm die Neuigkeiten zu überbringen.

Der Ehemann, informierte Toimil in verächtlichem Ton, kam im Auto angerauscht, und beim Aussteigen schwankte er, glaube ich, aber er fing sich wieder und ging mit großem Gepolter hinein. Der Kleine, der sich durch die Fürsorge der Mutter schon beruhigt hatte, begann abermals zu weinen. Und da er weiter laute Worte von sich gab, tat sie es auch.

Und die Señora?

Die Señora war in der Dunkelheit verschwunden. Simón zeigte ihr den Weg.

Auf dem Tisch gab es zwei Portweingläser und fischförmige Salzkekse, und das ärgerte ihn anscheinend am meisten, denn er sagte, es reicht jetzt allmählich mit diesen Aufmerksamkeiten, diese Alte ist, ist ..., und man hörte es nicht, weil Rosa die Kinder ins Bett schickte, sie sollten das Nachthemd anziehen und beten.

Da kommt man nach Hause und wird wie ein Hund behandelt! sagte der Mann.

Red nicht so vor den Kindern!

Ich rede, wie mir das Maul gewachsen ist. Ich bin unter meinem Dach!

Du hast getrunken!

Bring mich nicht zum Fluchen!

Das riecht man in der Luft, sagte Rosa, während sie ihre Wange an die des Kleinen legte, den sie in den Armen wiegte. Glaubst du, das merkt man nicht?

Natürlich hab ich getrunken, knurrte er und trank in

einem Zug eines der Gläser aus. Aber der Geruch war schon da. Sie mag also Süßwein, diese Schlampe?

Rosa wartete, bis die Schluchzer des Kleinen aufgehört hatten, setzte sich und bedeckte ihn mit dem Umlegetuch. Der Mann trat ans Feuer, rieb sich die Hände, und dann schob er ein Holzscheit mit dem Stiefel an, bis der Teil, der aus Glut bestand, zu Asche verfiel.

Sie ist gekommen, um mir Gesellschaft zu leisten. Sie hat die Kinder unterhalten.

Sie ist wie eine Hexe!

Red keinen Unsinn.

Sie hat dir den Verstand vernebelt!

Rosa schwieg eine Weile, als billige sie den Zauber. Sie sah zerstreut auf den Stiefel des Mannes, der auf das Holzscheit drückte.

Sie, sagte sie schließlich ruhig, als erfülle der Gedanke an die andere sie mit Gelassenheit, sie spricht von niemandem schlecht. Sie wirkt wie aus einer anderen Welt. Sie ist immer so froh!

Das wäre jeder! grollte der Mann, während er sich plötzlich zu der Frau umwandte. Auch ich wär im siebten Himmel! Ausgehalten auf Kosten anderer ...

Aber, Cholo, sie ißt doch kaum was. Sie knabbert ein Salatblatt, und dann hat sie es mit Kräutertees.

... und das Dienstmädchen umsonst.

Ich geh hin, wann ich will. Keiner zwingt mich.

Und das sagst du noch! Und kein Abendessen auf dem Tisch.

Rosa stand zornig auf. Sie ging in den hinteren Teil der Küche, öffnete den Speiseschrank und kam, das Kind in einem Arm, mit einem Teller voll Fleisch, Kohl und gekochten Kartoffeln zurück.

Da hast du es!

Wirf mir das Essen nicht hin, als wär ich ein Schwein!

Der Kleine begann erneut zu weinen. Sie stieg mit dem Kind in den Armen die Treppe hinauf.

Früher ..., früher, da hast du anders gedacht, sagte sie noch vom Treppenabsatz her.

Früher, früher ..., murmelte der Mann vor dem Teller.

Alle habt ihr anders gedacht. Die Reiche kommt! Die Reiche kommt! Viel Gerede!

Frauen! sagte der Mann laut zu sich. Er hatte ein Bündel Banknoten hervorgezogen, die mit einem Gummiband zusammengehalten waren, und zählte sie. Dann verwahrte er sie wieder und machte sich gierig über das Essen her. Im Oberstock liefen die Kinder hin und her, angetrieben von barschen Befehlen.

Was macht ihr am Fernseher? rief Rosa. Hab ich euch nicht gesagt, ihr sollt ins Bett gehen? Den ganzen Tag schaut ihr euch diesen Mist an!

Frauen! wiederholte er. Er wußte, wie er sie beruhigen konnte, scharf, wie sie war. In einer Stunde würde er sie besteigen, und sie würde stöhnen, aufgepropft auf seinen Körper, besiegt, schön gezähmt.

Stell dir vor, Toimil, sagte der König von Galicien, während er voll Melancholie in der gestirnten Nacht las. Die Sonne ging fort, so hoch wie der Steinbock, und der Himmel trägt goldene Kothurne zur Schau. Und wir hier sehen alles von der Asche eines welken Gestirns aus, Sklaven eines Alptraums, den man Geschichte nennt. Die Welt ist eiskalt, Toimil!

Das muß Rheuma sein, sagte der Rabe des Hauses, aber es stimmt, dieser Winter macht mir ziemlich zu schaffen. Mit Verlaub, Señor, könnte man doch einen edlen Amandi-Wein aus einer in Buño getöpferten Amphore kosten!

5.

Und Rosa ging auf die Jagd nach einer Maus, denn ihr grauste, sie im Haus zu wissen und daß sie alles berührte und beschnupperte. Und die Küche war blitzsauber, kein Stäubchen in den Ecken oder unter den Möbeln, und der Boden war mit Lauge gescheuert und mit Wachs auf Hochglanz gebracht. Und sie stellte Raumbelüfter mit Zitronenduft auf. Was sie von den Eßsachen nicht kaltgestellt hatte, wickelte sie in weiße Tücher und in Stanniolpapier ein, nicht nur alles Weiche, sondern auch das, was in einer Dose oder Schachtel war, wie die Sardinen La Onza de Oro oder die María-Fontaneda-Kekse, so groß war der Unmut, der sie erfaßt hatte. Und weil es sie ekelte, daß das Tier sich in den blauen Landschaften der Teller und Schüsseln umtun könnte, in denen, was Rosa nicht wußte, die Geschichte einer chinesischen Prinzessin erzählt wurde, die in Gestalt einer Turteltaube mit dem verbotenen Geliebten floh, bedeckte sie auch das Geschirr mit einer Tischdecke, bevor sie schlafen ging.

Sie ließ nur auf einem Marmorbord eine Mausefalle mit einem Stückchen Käse als Köder stehen.

Und beim Aufwachen wartete sie ein wenig, damit der Mann als erster hinunterging, denn sie fürchtete sich zu sehen, was sie schon in der Phantasie gesehen hatte, den vom Eisen der Feder zerschmetterten Körper. Tatsächlich öffnete sie die Augen im Glauben, das Geräusch der Falle gehört zu haben. Aber jeden Morgen fand sie das Gerät intakt vor, vom Käse abgesehen, der nicht mehr da war, blankgeleckt der Haken. Und da der Käse des Landes sehr weich war, kaufte sie ein Stück Manchego-Käse, den sie wegen seiner Härte nicht mochte, aber auch den aß die Maus in kleinen Portionen auf. Und daraufhin legte Rosa ihr Paprikawurst hin, fest verhakt im Speckteil, und verkürzte soweit es nur ging den Abstand zum Sperriegel, der, wenn er aufsprang, die Mausefalle in Gang setzte, und vergoß ein paar Tropfen Öl, um sie glitschiger zu machen, alles so hastig, daß sie selbst Angst hatte, sich die Hand einzuklemmen. Aber dies war ein verteufeltes Tier, das sich nicht fangen ließ und es soweit brachte, daß der Mann sie auslachte, bevor er zur Tür hinausging. Rosa stellte sich vor, wie die Maus durch wer weiß welches Loch hindurchschlüpfte, sie hatte die ganze Küche inspiziert, ohne im geringsten etwas zu entdecken, das einer Handvoll Schatten als Zuflucht dienen könnte, denn Öffnungen gab es am oberen Teil der Fußleiste, aber die waren für Ameisen, und sie hatte überall herumgestochert, ohne eine andere lebende Seele zu finden als schläfrige Spinnen in den Ecken, aber rauskommen mußte sie ja irgendwo, und sie sah sie mit höhnischem Lächeln und funkelnden Augen hervorlugen und das Territorium der Frau wie in der lebendigen Karikatur einer erbarmungslosen Zeichentrickserie ausspähen, schließlich wußte sie, wer ihr Feind war, wen sie verabscheute, wer jeden Abend mit nervösen Händen den Hinterhalt legte. Und sie mußte ihren Geruch, den der Frau, am Köder und an der Falle, an den Eßsachen, an den blauen Landschaften des Geschirrs, im ganzen Haus bemerken, wo als einzige sie nicht nur vorübergehend da war und herrschte, wie die Dienstmädchen es tun.

An einem Freitag legte sie zum Ausprobieren frischen Fisch hin, die Haut ordentlich an der Feder befestigt. Am Morgen fand sie ihn so vor, wie sie ihn hinterlassen hatte. Es war klar, daß diese Maus ein Feinschmecker war. Wenigstens heute wirst du fasten, Sünde des Teufels! Aber dann sah sie an den Kotspuren, daß sie auf der Ofenbank gelaufen war, und irgend etwas schwante ihr, denn sie schlug die Zeitung auf, die dort lag, und fand die Seite mit den Todesanzeigen halb zernagt und ohne Kreuze vor.

So verwandelte sich die Geschichte mit der Maus für Rosa in einen Alptraum, den sie niemandem erzählte. Sie hörte die Stille, sie sah das Nichts. Und so sehr ging ihr die Sache im Kopf herum, daß sie, um nichts sagen zu müssen, nicht einmal: ja, ich habe Mäuse im Haus wie alle Leute, eine Reise des Mannes nach Coruña nutzte, damit er ihr Gift kaufte. Es war eine kleine Schachtel mit rotem Untergrund und einer schwarzen Gestalt, die eher einer Ratte als einer Maus glich, auf der sie las, während sie sie mit den Fingerspitzen etwas entfernt hielt: *Racumín, Nagetiergift für Hausnager.* Und dann, unterstrichen: *Ein einziger Bissen genügt.* Und sie zog sich orangefarbene Gummihandschuhe an und öffnete sie und sah, daß drinnen kleine Tüten aus Silberpapier lagen, die sich nicht mit der Hand aufreißen ließen. Und sie ging eine Schere im Oberstock holen. Und ihr kam der Gedanke, daß, während sie oben war, der Teufel von Maus aus dem Loch schlüpfte und mit einer Brille, die er zum Lesen hatte, die Formel entzifferte: Sul-fa-qui-no-xa-li-na. Und als sie gefunden hatte, was sie suchte, lief sie in größter Eile die Treppe hinunter, in der Hoffnung, sie zu überraschen. Aber die Maus war schon wieder in ihr Schlupfloch zurückgekehrt. Rosa nahm die Schachtel, überflog aus dem Augenwinkel die Aufschrift, wobei sie ein wenig bei dem Wort *Biß* verweilte, und schnitt den Tütchen die Spitze der Ecke ab, nicht einer oder zwei, sondern sie öffnete alle zehn und legte sie in sämtliche Winkel der Küche. Und sie sagte Simón, weder Katze noch Hund sollten ins Haus kommen, und den Kindern, sie sollten nicht in diesem Teil des Hauses spielen. Aber der Junge, der sie nicht verstanden hatte, näherte sich schon einer der Ecken und fragte, was ist das, Mama, so hübsch, aus Silberpapier, und sie gab ihm eine Ohrfeige, die Hand war ihr ausgerutscht, daß du mir das ja nicht anschaust, hörst du?, nicht mal anschauen darfst du das.

Und er kehrte um, ohne zu weinen, mit rotem Gesicht, als wollte er ihr damit sagen, du bist verrückt, Mama, du bist verrückt. Und das machte sie noch nervöser, und sie drängte die Kinder nach oben. Und abends, als sie ins Badezimmer ging, sah sie sich vor dem Zubettgehen im Spiegel und hatte große Augenringe und spürte eine solche Müdigkeit, daß sie dachte, sie würde krank werden. Und sie fiel erschöpft ins Bett, den Kleinen neben sich, ohne ihn in die Wiege zu legen. Als der Mann kam, er kehrte spät zurück, merkte er etwas, denn er legte sich mit dem Rükken zu ihr hin, und einen Arm ließ er auf den Boden baumeln.

Am Morgen prüfte die Frau sorgfältig jedes Häufchen aus den rosigen Körnern des silbern lockenden Racumín-Giftes. Es war deutlich zu sehen, daß niemand sie probiert hatte, daß nichts angenagt noch verstreut war, aber mit der Hoffnung, daß sie vielleicht doch einen Biß, wenn auch nur einen, genommen hatte, ließ sie alles so bis Sonntag, denn an diesem Tag wollte sie im Haus kein Gift mehr haben. Und sie wartete. In Wirklichkeit ruhte sie nicht, den ganzen Tag beschäftigt, aber mit wachem Blick, darauf gefaßt, endlich den kleinen steifen Körper zu finden, alle viere von sich gestreckt. Sie hatte gehört, daß die Mäuse, wenn sie den Gifttod ahnen, aus dem Schlupfloch kommen, am hellichten Tag, und irgendwas suchen, verwirrt, ohne sich an der Anwesenheit von Menschen zu stören, und an einer hellen Stelle umfallen, am sichtbarsten Punkt, mitten in der Mitte.

Aber nichts geschah, und Rosas Augenringe wurden violett, und so groß war die Beklemmung, die sie erfaßte, daß ihr die Lust zu essen verging und das, was sie an Humor besaß. Das machte sich in allem übrigen bemerkbar, denn Simón, der ihr Bruder war und nie die Sprache gefunden hatte wegen etwas, das ihm als Kind passiert war, schlechte Luft, hieß es, weil er in einem leeren Grab auf dem Friedhof gespielt hatte, Simón also verbrachte, wenn er zu Hause war, den ganzen Tag in seinem Zimmer, wo er mexikanische *rancheras* und *corridos* hörte, die ihm sehr gefielen, genauso wie die Pferde, denn wenn er auf einem saß, dann wurde sein Gesicht so glücklich, daß man hätte weinen können, ihn so zu sehen, wie einen König.

Und in jenen Tagen hörte sie auch auf, zu Misia zu gehen, der Señora, die in das alte Stammhaus von Arán zurückgekehrt war. Und die merkte etwas, aber sie wunderte sich nicht, denn alle hatten sich von ihr abgewandt, seit sie ohne Mann noch Schatz und mit diesen seltsamen Angewohnheiten wiedergekommen war, wie, nur Gemüse zu essen und mit dem Fahrrad über die Wege zu fahren, in Hosen oder mit hochgerafftem Rock und mit dem Hut einer Mäherin nach Art des heiligen Kosmus, Stroh mit einem schwarzen Band, anmutig wie der breitkrempige Strohhut einer jungen Dame aus gutem Hause. Und was noch mehr Anlaß zum Reden gab, war, daß sie alles, was sie zu besitzen schien, für den Kauf einer Schafherde ausgegeben hatte, die frei herumlief, bis zum Einbruch der Dunkelheit, wenn sie die Tiere einsammelte und ins Haus trieb, durch die Vordertür.

Rosas großer Wunsch war es, die Maus zu fangen, bevor Weihnachten kam.

Bis sie sie eines Tages, am Vorabend, sah.

Und die Maus sah sie.

Rosa stand am Tisch und schälte Obst für den Brei des Kleinen, und ihre Augen flogen ganz von allein zum Küchenbord, und es dauerte eine Weile, bis ihr bewußt wurde, daß das, was sie sahen, sie konnten sogar die Haare des Schnurrbarts zählen, das, was sie von dort aus ebenfalls reglos beobachtete, tatsächlich sie war, die Maus. Zu ihrer eigenen Überraschung erschrak sie nicht und stieß auch keinen Schrei aus. Sie blieb gelassen und schnitt jetzt die Banane in Scheiben, ein Auge hier, das andere auf dem Tier. Und danach begann sie, mit ruhigen Händen, über die sie sich nur wundern konnte, das Obst mit der Gabel zu zerdrücken. Und als sie mit der Zubereitung des Gerichts fertig war, kam sie auf die Idee, es zu probieren, nicht, wie sie es sonst immer tat, rasch und obenhin, sondern langsam und sich genau in Richtung des Eindringlings die Lippen leckend. Und in diesem Augenblick drehte der sich um und lief los und begann, ebenfalls sehr bedächtig, das Gasrohr hinaufzuklettern. Und da sah sie, daß die Maus nicht zierlich, sondern dick war, ein tölpelhafter Fettarsch mit riesengroßen Hinterbacken. Und als sie zur unteren Plattform des Boilers gelangte, verharrte sie sogar auf der Stelle, statt im Nu zu verschwinden, und hielt noch einmal Ausschau, um zu sehen, ob sie mit der Vesper weitermachte. Aber jetzt hatte Rosa diese Ruhe verloren und lief mit dem Messer in der Hand und rief, außer sich, Schweinehund, Scheißkerl, Miststück, elendes Vieh und fuhr mit der Messerspitze in das Eisengestänge, ohne etwas anderes zu bemerken als Metall. Und dann legte sie das Messer weg und drückte mit eisigem Blick auf den automatischen Anlasser und öffnete den Gashahn so weit es ging, so daß eine große Stichflamme herausschoß. Wie hätte es ihr in diesem Augenblick gefallen, wenn der Geruch des Butangases auch der von verkohltem Fell und Fleisch gewesen wäre.

Aber die Maus kam am nächsten Tag zurück, zur Stunde, da sie den Brei zubereitete. Und dieses Mal warf die Frau unwillkürlich den Teller gegen den Altar, auf dem sie lief, das ganze Obst über die Wand verteilt, und selbst da noch bewegte sich die Maus langsam, den Porzellanscherben ausweichend, gezwungen zu fliehen, aber widerwillig, wie betrübt darüber, den Nachtisch des Babys nicht probieren zu können. Und wieder verschwand sie dort, wo sie hergekommen war, den dicken Hintern hinter sich herschleppend und ohne Anmut im Schwanz, als trüge sie ihn nur, um ihn zu tragen.

Rosa machte den Boiler an, vor allem, um zu einer Atempause zu kommen, ohne große Hoffnung, diesem Aas einen Schrecken einzujagen. Aber dann überlegte sie es sich, machte alles aus und begann, das Blech abzumontieren. Zuerst sah sie nichts, was in diesem metallischen Labyrinth als Herberge dienen könnte. Aber als sie schon im Begriff war, alles wieder an seinen Platz zu bringen, bemerkte sie, daß die Platte, die den Apparat an der Wand hielt, ein paar kreisrunde Öffnungen aufwies und daß eine davon, statt das Weiß der Wand zu zeigen, dunkel war, und sie stocherte mit einem Stock hinein und merkte, daß sie tief war, aber daß der Stock nicht weiterkam, weil es eine Krümmung gab. Und die Frau begann, Ränke zu schmieden, während sie den Schaden behob. Und ohne weiter auf den Kleinen zu achten, der schon nach dem Essen rief, ging sie zum Schuppen und nahm ein paar Handvoll Zement aus einem Sack, den der Mann dort hatte, und rührte ihn an, ohne Sand oder sonstwas, nur mit etwas Wasser, denn ihr schien, so würde er haltbarer sein, und dann stopfte sie ihn ganz fest in das Loch hinein.

Diese Operation, daß sie die Initiative ergriffen hatte, bewirkte, daß der Sturm sich legte und sie nach Tagen der Unruhe friedlich schlafen konnte.

Und da sie etwas gekräftigt war, ging sie am Morgen früh als erste in die Küche hinunter und sah mit Erleichterung, daß niemand sich an dem Getanen zu schaffen gemacht hatte, und sie schenkte dem, was der Mann ihr lachend sagte, daß nämlich Mäuse gerade den trockenen Zement gern zernagen, keinen großen Glauben. Zu ihrem Unglück log er dieses Mal nicht, denn am nächsten Tag, zur Stunde der Vesper, sah Rosa sie am Rohr hinunterklettern, sie hatte es schon geahnt, und ohne es sich zweimal zu überlegen, die Lust zu weinen niederkämpfend, ließ sie sie nicht weiterlaufen und schlug mit der Faust gegen das Blech des Boilers, und dann steckte sie die Finger in die Öffnung und kratzte voll Wut auf dem Zement herum.

Später, als sie das Obst auspreßte und es von Fasern und Schalen säuberte, kam ihr das Schrecklichste in den Sinn, das in einem Engpaß passieren könnte. Entschlossen ging sie abermals zum Schuppen, um Zement zu holen. Wieder im Haus, breitete sie Plastikfolie auf dem Boden aus und zerbrach darauf mit Hammerschlägen eine Flasche und zerhämmerte die Stücke, bis sie ganz klein waren, wie scharfe Nadeln. Und aus dem Nähkorb nahm sie alle Nadeln und warf sie ebenfalls in die Masse. Mit äußerster Sorgfalt schob sie die stachelige Paste in das aufgenagte Loch, drückte und stopfte sie mit der Spitze eines Meißels hinein, aber dennoch schnitt sie sich in eine Fingerkuppe und leckte ab, was man einen Blutfaden nennt, der in ihrem Fall jedoch ein Blütenblatt war.

Und dieses Opferblut sagte ihr, daß sie dieses Mal den Alptraum besiegt hatte.

6.

Und als es der Maus gelungen war, sich einen Weg durch die Fugen der Steine zu bahnen, was sie viel gottgefällige Arbeit kostete, am Maul von Nadeln zerpiekt, wie sie war, verfluchte sie die Unbilden der Witterung, nachdem sie die Efeuleiter hinuntergeklettert war, denn es herrschte eine Kälte, die einem den Atem nahm, jeder Luftzug ein Flintenschuß, und beschloß, durch die Vordertür wieder hineinzugehen, wie es sich für Herrschaften gehörte, und endlich die Regeln derer vom anderen Gestade zu brechen und ihr zu sagen, daß das Haus genauso ihres wie Rosas war.

Aber als sie diesen Grübeleien nachhing, kam ihr ein Rabe entgegen, der sehr beeindruckend war mit der Kapuze und jenem langen schwarzschillernden Gewand.

Wohin gehst du, Xil aus Arán? rief der Rabe gebieterisch, mehr Ermahnung als Erkundigung.

Und was geht dich das an, wenn die Frage gestattet ist? antwortete der Pater, in Wahrheit leicht verärgert, weil man ihm die Person auf den Kopf zugesagt hatte.

Noch ein Schritt, Don Xil, und du bist ein Gefangener.

Streit bitte keinen, sagte die Maus, leicht aus dem Konzept gebracht durch die Angst, die sie erfaßt hatte, denn sie wußte nicht genau, wie sie dieser unerwarteten Mißlichkeit begegnen sollte. Aber die lateinischen Brocken von einst kamen ihr in den Sinn und mit ihnen die Kraft der belebenden Beschwörung, um sich Geltung zu verschaffen: *Elephantem ex musca facere!*

Plage sie nicht länger, Don Xil, du hast ihr schon genug zugesetzt, sagte der Rabe unbeeindruckt.

Ich weiß nicht, wovon du redest.

Und es werden öffentlich die Werke aller Sterblichen verlesen, von Adam bis zum letzten, der in dieser Welt geboren wird. Und es werden die Bücher des Gewissens aufgetan, die das Leben lang geschlossen waren. Lös mir nicht die Zunge.

Der heilige Johannes bist du nicht, sagte schließlich die Maus, der die Luft weggeblieben war. Wer bist du?

Toimil aus Bergantiños, Protonotar des Königs von Galicien! stellte sich der Rabe vor, und er tat es feierlich, nicht aus Anmaßung, sondern damit man sah, wie sehr er auf gute Umgangsformen hielt.

Wenn das so ist, könnten wir uns dann nicht, unter uns wichtigen Leuten, irgendwie arrangieren? erwiderte Don Xil, der wieder zu Atem kam, denn das Amt erschien ihm ein wenig wunderlich, wußte er doch, belesen, wie er war, daß es keine anderen Könige gab als die Spaniens.

Siehst du das Licht, das gerade aufgeleuchtet ist? sagte Toimil, kurz davor, die Geduld zu verlieren. Es ist wieder Leben in das Stammhaus eingekehrt. Da ist dein Platz, nicht bei den Pächtern.

Das Herz treibt mich in dieses Haus! rief Don Xil mit kummervollem Gesicht, was womöglich nicht geheuchelt war.

Toimil wollte sagen, daß man Eßbares also neuerdings Herz nenne, aber er schwieg, weil er so elegant wie redlich war. Hingegen sagte er laut, der Befehl sei unwiderruflich, die Maus solle sich Unterkunft im Stammhaus suchen, was für sie nicht weiter schwierig sei, da sie es wie ihre Westentasche kenne, vom Backofen bis zu den Dachböden, von den Kornhäusern bis zum Taubenschlag mit der Wetterfahne in Gestalt einer ziselierten Brigantine. Und dort hätte sie genug zu beißen, denn es gebe wieder ein Auskommen. Sollte sie sich nicht daran halten, werde das Heer des Königs von Galicien sie in die Schranken weisen.

Ich seh sie nicht, diese Armee, sagte Don Xil zum Spaß und für alle Fälle.

Sie alle, die du siehst, antwortete Toimil, während er tiefernst auf seinesgleichen wies, immer im Wettkampf mit dem Wind. Die dreihundert Raben von Xallas! Unter ihnen gibt es zwölf Edelleute, die dich auf königlichen Befehl hin aufs Korn genommen haben. Du wirst überwacht, Xil!

Der ehemalige Pater beobachtete aufmerksam die akrobatischen Manöver der Raben. Sie waren das ganze Leben dort gewesen, hatten sich wie eine Legion zerlumpter und ausgehungerter Vagabunden in der Landschaft herumgetrieben. Nie hatte er etwas Edles an ihnen, etwas Vornehmes in ihrem liederlichen Flug erkennen können. Aber jetzt, wenn er genau hinschaute, erschien gerade diese fehlende Anmut wie eine heraldische Schwere, als wäre ihr Fliegen eine Form mühsamer Schrift auf dem Pergament der Zeit. Die Zeichen, die sie voll Eifer beschrieben, gaben der Landschaft etwas Gravitätisches. Wenn sie nicht da wären, dachte er, wäre Arán eine trivialere Kulisse. Man könnte den erhabenen Stoff der unlösbaren Tragödie nicht aufführen.

Vom irdischen Standpunkt aus betrachtet, erscheint mir diese Verfügung willkürlich, sagte er schließlich in resigniertem Ton, nunmehr überzeugt vom Ernst der Situation. Ich halte es nicht für richtig, daß dieser König über das Gefühl herrscht.

Das ist das Reich, das uns bleibt, dachte Toimil. Der König von Galicien ist ein armer Herzkönig. Aber der Protonotar des Königs kannte kein Erbarmen.

Entweder das Stammhaus oder die Hölle! rief Toimil, während er mit Bestimmtheit den schwarzen Flügel zu dem großen Haus ausstreckte, das den Hügel beherrschte, eingestanzt in das romantische Indigoblau der Dämmerung.

7.

Und als die falbe Nacht kam und die müden Familien des Dorfes geschlagen vor dem Fernsehapparat saßen, fand die Señora großes Vergnügen darin, sich im Schlafzimmer neben der brennenden Kohlenpfanne auszuziehen, vielleicht würden ja eines Tages ihre Füße warm werden, denn im Winter trug sie Strümpfe und drei Paar Socken, ohne daß das Blut bis in die Zehen gelangte, was keine Alterserscheinung war, denn schon als Kind hatte man sie ihr vor dem Zubettgehen mit aufgekochtem Wasser gewaschen, ohne sie je zu verbrühen, und dann die Laken heiß gebügelt, aber wenn sie erwachte, spürte sie die Füße nicht mehr wegen der Kälte, und man mußte sie mit den Händen reiben, damit die Farbe in sie zurückkehrte und sie auftreten konnte. Es war etwas, das in der Familie lag, denn sonst ging sie leicht bekleidet und empfand heftig dieses Vergnügen jetzt, das kalte Lecken des Wolfs der Nacht im Rücken, die zärtlichen Zungen der Hitze, die allmählich vorne hochklettern und sich wie glühender Efeu um die Schenkel ranken und, an den Hüften Halt suchend, die Brüste erklimmen, und dort verweilen in Spiralen die Münder, bis die Blüte der Brustwarzen erwacht, nicht wie früher, sondern genußvoller, wie Lotus oder eine Kamelie, und dann hangeln sie sich am Hals hoch und küssen das ganze Gesicht, zuerst zart, dann wie verrückt, die Finger des Feuers verfangen sich im Haar, verschränken sich in ihrem Nacken, denn sie krümmt sich und beugt sich zum Liebsten hinunter, während sie mit geschlossenen Augen den Kopf kreisen läßt. Und als sie sich wie einer plötzlichen Eingebung folgend umwandte, stützte sie abermals die Hände auf die Knie und beugte sich so tief hinunter, daß die Blätter aus Goldplättchen sich zitternd an die Hinterbacken hefteten. Aber das alles geschah mir nichts, dir nichts, denn auf einmal, als verlöre sie den Faden eines Traums, streckte sie den Körper und schüttelte den Kopf, kämmte sich flüchtig mit den Fingern und zog sich ganz schnell, als die Finger die Kälte spürten, einen Schlafanzug aus Flanell an, der Don Xil aus Arán wie für einen Mann gemacht vorkam, obwohl er nicht sehr auf diese Einzelheit achten konnte, denn die Señora ging schon auf die Frisierkommode zu und machte eine Lampe an.

Die Lichtexplosion hatte Don Xil benommen gemacht, statt dorthin zu fliehen, wo er hergekommen war, duckte er sich gegen den unteren Teil des Spiegels, der rundum mit eingeschliffenen Schwänen verziert war, genau hinter einer kleinen Schachtel, auf der man eine schöne Frau mit einem Schmuckring in der Nase sah, die so, wie sie schaute, ohne weiteres Sehnsucht hätte heißen können, aber was dort stand, war *Henna of Pakistan*, vor den Blikken der Señora einstweilen auch durch einen Tiegel geschützt, auf dem er *The Body Shop* las und danach *Against animal testing*. Die Finger der Frau tanzten und tasteten in der Gegend herum, aber schließlich verharrten sie auf der Pinzette. Und Don Xil konnte den Teil der Angst beherrschen, der in den Augen stand, denn die Zeit verging nicht oder dehnte sich auf den weißen Härchen der Augenbrauen derjenigen, die im Spiegel war. In seinem Innern zitterte, genau wie die Wirkung der plötzlichen Helligkeit, die noch frische Erinnerung an seine nackte Nichte nach, der schwach vom Licht der Glut beleuchtete Körper, ihre Art, die Haut wie ein Glasfenster zu baden, durch das die Abendsonne des Feuers scheint, und vor allem die Offenbarung jenes Körpers, der im Alter eine Lilie war, so weich und hart zugleich wirkte er, denn auf diese geheimnisvolle Weise steht bisweilen die Zeit still. Und jetzt staunte Don Xil, der die Schnauze unbesorgt hervorstreckte, über die Anmut, mit der sie einen Haarknoten band und löste, wie sie das Haar kämmte, bis es glatt und von einheitlichem Glanz war, und wie sie es dann wieder lockig machte nur mit der Drehung ihrer Finger. Als sie zufrieden zu sein schien, fuhr die Señora mit der Zunge über die Lippen und nagte an ihnen, und dann verschönerte sie die eine mit der anderen. Ohne den Blick von sich zu wenden, vor sich das Bild mit dem melancholischen Lächeln, das die Spiegel nur unter vier Augen zeigen, öffnete Misia die Schublade der Kommode, und ihre Hände zogen einen Schmuck heraus, der, als er sich um den Hals legte, erkennen ließ, daß er aus Stechpalmenblättern mit Beeren aus Gagat bestand, die nach alter Manier gefaßt waren. Und in diesem Augenblick sah Don Xil sämtliche Damen vor sich, die einst durch die Gänge des Stammhauses von Arán gewandelt waren und die Stunden auf der Galerie verschmachteten, zwischen Begonien und chinesischen Rosen, während es auf die Haut der Welt herabregnete. Und dem Dahingegangenen schnürte es die Kehle zu, denn alles, was an ihr verfallen war, glänzte, siegreich thronte sie auf den Ruinen, endlich erkannt vom Spiegel. Während ihr die Zeit nicht verging und sie wie ein junges Mädchen mit Ohrgehängen und Ringen spielte, die sie zur Geltung brachte, indem sie die Hand zum Fächer machte, schwebte der Zeuge zwischen Sehnsucht und Kalkül, denn so sehr dieses Gesicht tausend Erinnerungen und einen bitteren Genuß heraufbeschwor, so sehr hatte ihm auch die Zurschaustellung des Familienschmucks, von dem er glaubte, er sei in schimpflichen Verpfändungen oder im Labyrinth der Verteilungen verloren gegangen, die Sprache verschlagen. Unter anderen gab es eine Brosche, die einer des Hauses von Arán, der alte Sünder Don Alvaro Mosquera, Großonkel dieses Xil, aus Brasilien mitgebracht hatte, ein Schmuckstück mit einem rätselhaften eingelegten Stein, der in Form eines Herzens gearbeitet war und, dem Licht ausgesetzt, wie ein solches pulsierte, sichtbar die Pulsschläge in den Reflexen, ein Stück, dessen genaue Herkunft man nie erfuhr, denn jeden Tag hatte der Abenteurer eine neue Geschichte, es entstamme den Händen eines Goldsuchers oder eines Amazonas-Indianers im Austausch für ein Feuerzeug, bis er selbst sich zu distanzieren begann und nicht von dem Stein reden wollte, als hätte er Angst vor ihm, und genau diese Brosche war es, die Misia jetzt in der Höhe der Brüste befestigte, um das halboffene Oberteil des Schlafanzugs zu versiegeln, ziemlich kapriziös, um zu schlafen, diese Überspanntheiten, die dem verrücktesten Zweig der Familie eigen waren, aber vielleicht, wer weiß, tat sie recht in diesen Zeiten, in denen die Diebe hinter denen her sind, die sie bestehlen, nie war die weibliche Mulde der Brüste ein schlechtes Versteck. Als die Frau die Lampe löschte, blieb das Funkeln ihrer Augen und jenes herzförmigen Edelsteins im Samt der Nacht.

Don Xil kletterte durch den Hohlraum zwischen Wand und Kommode hinunter, und als er sich auf dem Boden wiederfand, während die Dame unter dem Baldachin in Morpheus' Armen ruhte, nahmen seine Sorgen eine andere Richtung, denn er spürte ein Verlangen in den Zähnen und die Leere des Fastens in den Eingeweiden. Er war ins Schlafzimmer gelangt, weil er der Spur der Menschen folgte, denn wo Menschen sind, gibt es Krümel, aber seine Nichte aß seit je wie ein Spatz, und jetzt ernährte sie sich scheinbar von Luft. Leer waren Borde und Schrank und Trog, es gab in der Küche kein Essen außer einem Stilleben mit Hase und rotem Rebhuhn, das an der Wand hing, was Don Xil kränkte. Wenn es wenigstens auf dem Boden wäre, um in die gemalte Illusion hineinbeißen zu können! Da nichts anderes übrigblieb, würde das Abendessen jetzt aus Papier bestehen, nicht einmal davon gab es im Übermaß, nur noch zwei Bücher in der einst großen Bibliothek des Stammhauses von Arán, der *Ratgeber für Pfarrer* und ein kleines Handbuch, das sehr abgegriffen war, *Über die Jagd nach freier Art,* den Rest hatte sie kiloweise an einen Antiquar verkauft, übel zugerichtet wie sie waren durch die Feuchtigkeiten und den Moder der Zeit, denn auch die Bücher möchten dann und wann eine Liebkosung auf dem Rücken spüren, wie schade, sie aufs Geratewohl gehen zu lassen und nicht besser geplant zu haben, jetzt steckte er in dem schrecklichen Dilemma, zwischen Pflicht und Neigung wählen zu müssen, um etwas zwischen die Zähne zu bekommen. Darüber grübelte er nach, während er der Bibliothek zustrebte, wobei er sich von den Fußleisten leiten ließ, als ein Geräusch ihn zur Eile antrieb, das ihm in der letzten Zeit vertraut geworden war und nichts anderes war als das Genage einer Maus, die sich, Gottseidank, bislang nur ans Meßbuch gewagt hatte. Dieser Eindringling war winzigklein und ausgemergelt, uralt und zäh und hatte etwas, vielleicht dieses blinde Auge, das ihm die Gestalt sofort bekannt vorkommen ließ.

Halt ein, du Rindvieh! brüllte Don Xil. Was du da nagst, ist das heilige Wort.

Der Angesprochene wandte sich ohne eine Spur von Schrecken um, sehr phlegmatisch, und betrachtete den Befehlshaber von oben bis unten, mit einem gewissen Spott, während er ein Hörnchen Papier verschlang. An irgend etwas mußte auch er sich erinnern, denn plötzlich legte er Beflissenheit an den Tag und folgte mit dem Maul den heilen Zeilen und buchstabierte im Mondlicht. Es er hob sich A rius Es er hob sich Nes tor Es er hob sich Lu ther Es er hob sich Cal vin und an de re un un un ... Verflixt noch mal!

Und andere unzählbare, las Don Xil, um ihm aus der Verlegenheit zu helfen. Aber sie sind alle dahingegangen, und die Kirche wahrt noch immer ihren Besitz.

Amen, sagte jetzt der andere mit feierlicher Ironie. Verzeihen Sie, Herr Pfarrer, aber ich dachte, es wäre Literatur.

Laß dir das Abgenagte zum Nutzen gereichen, antwortete Don Xil mit endlich ein wenig wiederhergestellter Autorität. Aber das andere Buch hier, daß du mir das ja nicht anschaust. Hörst du? Nicht mal anschauen darfst du das! Nicht, daß du in Versuchung gerätst, ich weiß genau, wer du bist. Matacáns, der schlimmste Wilderer von Nemancos!

Nichts als Gerücht, das sie einem anhängen, Herr Pfarrer. Neid der Sonntagsjäger! Ich – ganz wie Sie, Don Xil, nach Ihrer Schule. Immer sind mir die Schonzeiten heilig gewesen.

Schwör nicht falsch, Matacáns! sagte der Pfarrer. Das Frettchen hat dir aus der Tasche der Felljacke rausgeschaut. Und auf der anderen Seite die Fangschlinge. Die Hasen hast du für immer verscheucht, Matacáns!

Täuschen Sie sich nicht, Herr Pfarrer. Das waren welche aus Carballo, die mit großem Geschütz gekommen sind. Und auch der Streß.

Der was?

Der Streß, Herr Pfarrer. Das haben sie im Fernsehen gesagt. Die Hasen sind verrückt geworden oder so was Ähnliches. Das Weibchen wollte das Männchen nicht, und das hat auch nicht gearbeitet, Sie verstehen mich schon, Herr Pfarrer. Auf diese Weise war es aus mit den Hasen in Galicien.

Aber einen gab es, einen gab es, Matacáns, der Haken auf den Wiesen schlug und im Schatten der Weinstöcke Siesta hielt. Er war... er war..., wann war dein Begräbnis?

Es herrschte eine Hundekälte. Es hat mir ziemlich was ausgemacht, daß sie mir die Mütze abgenommen haben.

Ja, aber wann war das?

Und der andere begann zu rechnen, als im Fenster, durch das das Mondlicht schien, plötzlich zwei Ewige Lichte auftauchten, die ins Grüne spielten. Und dann fiel, der Länge nach, ein wilder Schatten auf das Glas. Beide Nachtschwärmer beobachteten die Erscheinung voll Neugier, ohne gleich zu begreifen, daß es im Wesen ihrer Maushaftigkeit lag, das Weite zu suchen.

Laufen Sie, Herr Pfarrer, Teufel auch, dieser Tiger kommt aus dem Maquis!

Welcher von ihnen? fragte Don Xil im Laufschritt und fast atemlos.

Arturo aus Lousame, der Eisenfresser!

Während er dem Schwänzchen des Wilderers hinterherlief auf der Suche nach einem Versteck im Keller, beklagte der Pater die Launen des Herrn des Schicksals, denn wie gerne wäre er ein großes Tier gewesen und hätte ein bißchen Achtung auf den Wegen geboten. Das war natürlich keine gute Neuigkeit, das mit dieser Katze, erinnerte sie doch an den aus Lousame, einen Dudelsackspieler mit dem Ruf eines Anarchisten, der einmal während einer Festtagsmesse mitten bei der Wandlung, als er gerade den Kelch erhoben hatte, ein paar Noten der Riego-Hymne anstimmte, er hatte das genau gemerkt, denn er war nicht schwer von Gehör. Und außerdem kannte er den Text dieses Gedudels.

Wenn die Pfarrer und Nonnen wüßten
was sie auf die heiligen Mäuler kriegen ...

Bestimmt war es ein mutwilliger Streich, aber er vergaß ihn nicht. Im gegebenen Augenblick verweigerte er ihm das Leumundszeugnis, und der aus Lousame mußte untertauchen, er war es nämlich, Don Xil, der im Krieg über die Leben herrschte, und allein der Gedanke daran ließ ihn jetzt erschauern, denn er hatte einen Dörfler auf die Liste gesetzt und ihn damit ausgelöscht, aus ihm ein lumpiges Bündel von einem Menschen in einem Straßengraben gemacht.

Und geht hier nicht die Gendarmerie um? fragte Don Xil in einer Atempause.

Umgehen tut sie schon, aber das Feldwebelchen Maneiro ist auch so ein Dahergelaufener, ein Habenichts wie wir.

Um Gotteswillen! Diese Welt ist ein Urwald!

Wer jetzt eine Flinte hätte, Herr Pfarrer!

Red mir nicht von Liebschaften, Matacáns!

8.

Ich hatte drei Ehemänner, sagte die Señora.

Wirklich?

Ja doch.

Und sie fand das Gesicht, das Rosa unwillkürlich aufsetzte, so komisch, daß sie, als sie gerade aus dem Glas mit Portwein trinken wollte, von Husten geschüttelt wurde, weil sie das Lachen unterdrückte, das in ihr aufstieg, und sie mußte das Gesicht mit einem Taschentuch bedecken, da ihr die Tränen aus den geröteten Augen schossen. Und während sie sich allmählich beruhigte, war ihr sehr wohl, als sie sah, daß Rosa ebenfalls lächelte, denn bei ihr verband sich schon das Salz der Tränen mit dem süßen Wein der Lippen. Und der zugleich komplizenhafte und belustigte Blick der Pächterin ermutigte sie, sich zu erinnern, ohne Angst, sich beim Lesen der Asche an den zerbrechlichen, rauchenden Lamellen der Glut zu verbrennen.

Wie die Künstler!

Genauso.

Liz Taylor hatte mindestens sechs, erinnerte sich Rosa, angetan von dieser Unterhaltung, die ihr erlaubte, in Gesellschaft durch einen Traum zu reisen, der aus Filmen und Zeitschriften aus Glanzpapier gewoben war und in dem sie sonst immer allein herumstreifte. Und sie hat zweimal denselben Mann geheiratet.

Ja, Richard Burton. Würdest du ..., würdest du glauben, daß ich ihn gekannt habe, daß er so weit von mir entfernt war, wie du es jetzt bist?

Das kann nicht sein! Wirklich?

Wie ich's dir sage. Du kannst dir nicht vorstellen, diese Augen! Ein walisischer König!

Es heißt, er war ein großer Trinker.

Ja, nickte die Señora traurig, als tue es ihr leid, die

dunkle Seite eines verstorbenen Idols zu entblößen. Ein betrunkener König!

Und sie prügelten sich! Ich hab in einer Zeitschrift gelesen, daß sie sich liebten, aber dann, wenn sie eine Zeitlang zusammenlebten, waren sie wie Hund und Katze, einmal hat sie ihm eine Schreibmaschine an den Kopf geworfen.

Es wird soviel geredet! Aber was hat dieses »kleine Leben«, wie ein Freund von mir einmal sagte, schon für eine Bedeutung? Jetzt sind die Filme das einzig Wahre von ihnen.

Ich denke oft an einen Film mit Joselito, sagte Rosa. *Die kleine Nachtigall.* Ich war ziemlich klein, als es noch ein Kino in Néboa gab. Joselito war Schafhirte. Als er von der Leinwand verschwand, war ich überzeugt, daß er mit der Herde mitten durch die Pinienwälder von Néboa zog, denn gleich hinter dem Kino begannen die Felder und ein Wald. Einmal hat meine Mutter sehr mit mir geschimpft, und da habe ich ihr gesagt, daß ich eines Tages mit Joselito fortgehen würde. Sie war ganz verwundert, als fragte sie sich, was hat dieses Mädchen nur im Kopf. Danach, wenn sie böse wurde, schrie sie mich an: Geh doch mit Joselito, los, geh mit Joselito fort! Neulich hab ich in einer Zeitschrift gelesen, daß man Joselito jetzt wegen einer Drogensache verhaftet hat. Das Leben ist so ... so launisch.

Und ob. Ich war schon lange nicht mehr im Kino. Die guten Filme sind alle traurig. Und ich weine so leicht. Sie tun mir weh.

Ich weiß nicht, was ich tun würde, wenn mein Mann mich schlagen würde, sagte Rosa plötzlich, während sie zum Kinderwagen schaute, in dem das Baby schlief, auf der Galerie des Stammhauses, wo sich die Glyzine mit der Geduld eines Steines schlängelte. Ich hab Ihnen auch

Zigaretten mitgebracht, erinnerte sie sich in diesem Augenblick. Sie stand auf und suchte vorsichtig unter der Decke.

Laß dich nicht von ihm schlagen, sagte die Señora sehr ernst.

Und ihre Blicke trafen sich, und sie zündeten die Zigaretten an. Rasch freundeten die Rauchwolken sich an und schwebten spiralförmig davon.

Ich glaube, Marilyn Monroe hat auch dreimal geheiratet, sagte Rosa.

In Wahrheit habe ich nicht dreimal geheiratet, berichtigte die Señora. Ich wollte sagen, daß ich drei Männer hatte.

Drei Lieben.

Ich weiß nicht. Schön, ja. Drei Männer.

9.

Mein Vater haßte all das hier. Er war sehr frohsinnig, hatte einen sehr guten Charakter, und man merkte es ihm erst an, als Mamas unheilbares Leiden begann. Aus irgendeinem Grund, wegen etwas, das sie unabhängig von uns beiden herzog, wollte sie damals hier sein. Ich glaube, daß diese Entscheidung, diese Anhänglichkeit Mamas an Arán, ihm im Grunde sehr weh tat. Er trug es nicht nach außen, aber ich wußte damals, daß er Arán nicht ausstehen konnte, daß er Abneigung gegen das Stammhaus hegte, ich meine, nicht nur gegen die Menschen, sondern gegen das Haus selbst. Er schimpfte auf die ungesunden Steine, auf die alten Dinge, als gäbe er ihnen die Schuld an dem wuchernden Übel. Er litt sehr, weil sie Mama wie eine richtige Kranke behandelten: mit langen Zeiten der Stille, die die schlimmsten Ahnungen bestätigten, mit übertriebener, ernster Fürsorge, die sich wie ein unheilvolles Ritual ausnahm, Vorbereitungen für ein Ende, das er nicht akzeptieren konnte. Sein Humor, wenn er sich überhaupt daran versuchte, hatte keinen Platz dort. Wahrscheinlich verletzte ihn am meisten, daß sie all dies hingenommen hatte. Wenn wir halb im Dunkeln leise murmelnd den Rosenkranz beteten, ließ er sich in einen Sessel in der Ecke fallen und verschwand im Dämmer. Man sah nur die Hände, die er aneinanderrieb. Über dem Kopfende des Bettes, in dem Mama lag, hing ein Kruzifix, das mir riesengroß vorkam; es war so aufgehängt, daß es, von wo aus man auch schaute, immer die Wunden zeigte. Man kam in das Zimmer, und schon flogen die Augen zu ihm. Wenn man sich mit dem Rücken zu ihm setzte, erschien es im Spiegel der Kommode. Manchmal habe ich Mama geholfen, sich vor diesem Spiegel zu kämmen, und ihr Haar gebürstet, ohne den Blick vom Christus wenden zu können, der vor meinen Augen an der Wand mit dem frischen Blut kämpfte, und ich fand es verwirrend, daß die Erwachsenen sich verhielten, als würde nichts geschehen, als wäre es das Natürlichste der Welt, jemanden dort zu haben, der ständig von offenen Wunden gequält wurde, mit Nägeln in Händen und Füßen und von Blut triefend wegen der Dornenkrone. Seitdem kann ich keine Kruzifixe sehen. Sie erfüllen mich mit Schrecken. Mit der Zeit stellten sie auf den Nachttisch des Zimmers auch eine schmerzensreiche Jungfrau und einen Krug mit Callas hin. Man gewöhnte sich daran, Mama, deren Stimme immer schwächer wurde und deren blasses Gesicht zwischen den weißen Laken verging, wie eine weitere Figur auf dem Altar dieses Zimmers zu sehen, das mehr und mehr einer Kapelle glich. Wenn Papa dort hineinging, fiel alle Lebenskraft von ihm ab. Er fuhr nach Coruña, um sich um die Reederei zu kümmern, aber es kam ein Augenblick, da war seine Ankunft in Arán ein wenig wie die eines Fremden. Er fühlte sich nutzlos, verdrängt, überwacht. Er war besessen von der Idee, daß Luft im Haus fehlte, daß sie sich nicht erneuerte, und dann öffnete er ein Fenster. Aber kurz darauf war es wieder geschlossen. Es war irgendeine der Tanten gewesen, die es ihrerseits mit der Zugluft hatten, aber er bot ihnen nicht die Stirn, sondern verhielt sich, als würden die Fenster in Arán von allein zugehen, als sei er überzeugt, daß die Dinge, vom Eßbesteck bis zu den Türangeln, sich mit den Leuten des Hauses verschworen hatten und ihm feindselig gesinnt waren. Jetzt denke ich darüber nach und glaube, daß er Angst vor ihnen hatte. Er und Don Xil, der damals vom Seminar kam und seine erste Messe las, tauschten nur einen Gruß aus, der einem Knurren glich. Don Xil war groß, ungestüm, fegte wie der Blitz durch die Gänge und sprach mit dröhnender Stimme. Ich verstand nicht, wie er trotz der Soutane diese großen Schritte machen konnte. Einmal schickte man mich zur Messe, ich war schon am Morgen da gewesen und beschwerte mich bei meinem Vater. Er saß in einem Sessel, versteckt hinter den Seiten einer Zeitung. Ohne mich anzuschauen, sagte er: Tu, was man dir sagt. In Coruña sagte er manchmal zu mir: Erzähl dies nicht in Arán, sag das nicht in Arán. Als ich einmal im Haus herumstöberte, fand ich ein Bild des Großvaters mit einer seltsamen Kleidung, mit einer Kette und einem bestickten Schurz. Er wirkte sehr aufrecht und ernst unter der Inschrift *Ehrwürdige Loge Licht von Finisterre*. Ich fand das sehr lustig, es kam mir komisch vor, aber Papa nahm es mir ganz nervös aus der Hand. Kein Wort davon in Arán. Es lagen etwa hundert Kilometer dazwischen, aber es waren zwei gegensätzliche Welten. Zu Hause in Coruña wurde jede Neuigkeit, jede Ankündigung eines Schiffes, eines Besuchs, eines Briefs, einer Sendung mit Neugier und Fröhlichkeit aufgenommen. In Arán öffnete man die Tür voll Argwohn. Man mißtraute dem, der von draußen kam. Und Papa kam auch von draußen. Einmal, als er heimkehrte, war Mama aufgestanden. Es war ein schöner Septembernachmittag, mit einer freundlichen Sonne. Sie wollte ihm entgegengehen, frisiert und gekleidet wie für ein großes Fest. Sie liefen auf der Platanenallee, Mama langsam, ganz dem Gehen hingegeben, er frohlockend und gestikulierend und ohne Pause redend. Sie blieben, an den Händen gefaßt, am Brunnen der Jakobsmuschel stehen. Ich hatte sie niemals so gesehen. Ich war nie auf den Gedanken gekommen, sie könnten außerhalb meiner selbst existieren und sich lieben. Ich begriff auf einmal, daß sie dort sein und lächeln und sich lieben konnten, auch wenn ich nicht existierte. Ich erinnere mich, daß ich zurückblieb und daß diese Szene mich traurig machte, eine

Traurigkeit, die anders war als die, die ich zuvor empfunden hatte. Daß sie ohne mich glücklich sein konnten, war gleichbedeutend mit dem Gedanken, daß ich ohne sie glücklich sein konnte. Was ich angesichts des gemarterten Christus fühlte, war eine kindliche, äußerliche Angst, ausgelöst durch den Schrecken eines Bildes von äußerster Grausamkeit, das am Ort des Leidens zur Schau gestellt war und in meinen Augen ohne jeden Zweifel das Ende herbeirief, statt es hinauszuzögern. Aber das Bild meiner Eltern, die sich verliebt anschauten, während das Wasser sein Lied sang, ließ mich wirklich den Schmerz des Todes empfinden. Ich sah ihn in Mamas Lächeln, als sie zurückkamen und ich ihr näher war. Sie ging fort, und sie war dabei, sich zu verabschieden. Wer fortgeht, läßt seine Traurigkeit bei dem zurück, der bleibt und zum Abschied mit dem Taschentuch winkt. Wer fortgeht, ist immer ein wenig höher: im Sattel des Pferdes, im Fenster des Zuges, auf dem Deck des Schiffes, auf der Gangway des Flugzeugs. Sie besaß das unverwechselbare Aussehen von jemandem, der fortgeht. An jenem Abend betete Papa mit uns, und das Gemurmel des Rosenkranzes bestand für mich zum ersten Mal aus Worten, die gehört und verstanden werden konnten. Ich spürte sie wie Nadelstiche, wie Sticknadeln, die sich in die Haut bohren. Papa holte mich da heraus, sobald er konnte, er nahm mich mit, fast ohne sich zu verabschieden, als würde er vor einem Fluch fliehen, als fürchtete er, jemand könnte in den Steinen eine verborgene Falle in Gang setzen, die mich verschwinden ließe. Ich erinnere mich an den Ford 28, der hastig über die Pflasterstraße holperte unter dem Helldunkel der Platanen. Die letzte Person, die ich sah, war deine Mutter, reglos, ans Portal gelehnt, das Haar von einem portugiesischen Tuch zusammengehalten und die Hände in den Taschen der Schürze. Sie war ein Mädchen wie ich, aber an jenem Tag kam es mir vor, als sei sie schon eine Frau und ich ein kleines Kind, das noch nicht über die Puppen hinaus war, als habe sie Jahre gelebt, die ich noch nicht gelebt hatte. Ich kniete auf dem Sitz, umgedreht, mit dem Gesicht zur Rückenlehne, und sie blieb zurück. Wer fortgeht, läßt immer die Traurigkeit bei dem, der bleibt. Ich hatte meinen Spaß an ihren Arbeiten gehabt. Die Dinge, die sie jeden Tag tat, waren für mich große Abenteuer. Es kam mir wie ein Wunder vor, in der Hand den Strick zu halten, der die Kühe führte, und daß so große Tiere einem schwachen Ziehen gehorchten. Sie setzten mich eines Tages auf die Egge, und ich hatte das Gefühl, über ein Meer von Erde zu gleiten, auf den Wellen der Furchen. Wenn Dreschzeit war, brachten wir die Garben ein, und ich kratzte mich wie ein Hund, weil die Ähren auf der verschwitzten, verbrannten Haut juckten. Als wir an einer Mauer vorbeifuhren, riß ich mir die Haut an den Dornbüschen auf und mußte das Blut auflecken. Dann badeten wir im Fluß, ein pflanzlicher Fluß, grün, dicht mit Wasserpflanzen bewachsen, die auf der Oberfläche mit einer Decke weißer Blüten erschienen. Wir beide waren allein, nackt, komplizenhaft, wir lachten und bespritzten uns, im Schutz der Bäume. Einmal habe ich zu Hause bei deiner Mutter nach der Toilette gefragt, und alle lachten, und dann sind wir beide in den Stall gegangen und haben es im Hocken zwischen den Tieren gemacht, die Röcke über dem Mist hochgerafft. In der Mühle habe ich gelernt, bei geschlossenen Augen die Mehlsorten mit der Fingerkuppe zu unterscheiden. Das Weizenmehl ist wie Seide; das Roggenmehl wie Wolle; das Maismehl wie Leinen. Wenn du die Hände in die Kiste mit frischgemahlenem Mehl steckst, willst du sie nicht mehr rausziehen. Die Mühle war ein magischer Ort. Wir konnten uns eine Ewigkeit von der Bewegung des Mühltrichters und des Mühlsteins hypnotisieren lassen, während durch die Öffnungen im Boden das Gegurgel des Wassers heraufdrang. Und wenn ich so mit deiner Mutter herumzog, dann hörte ich Ausdrücke, derbe Flüche und süße Lieder, die ich nie gehört hatte, so als sei die hohe Mauer des Stammhauses auch mit dem Zweck erbaut worden, die Worte des Dorfes nicht hereinzulassen. Sie ist eine geheimnisvolle Dame, die Erinnerung. Wir wählen die Erinnerungen nicht aus. Sie leben ihr eigenes Leben. Sie kommen und gehen. Manchmal gehen sie für immer. Und es gibt Erinnerungen, die haften an uns wie das Moos auf dem Stein. Stücke des Lebens, die nicht verloren gingen, die sich von kalter Luft ernähren, die mit Muße auf der Rinde der Zeit wachsen. Ich habe viele Dinge vergessen, die ich für sehr wichtig hielt, aber nie sind diese Augenblicke des kleinen Bauernmädchens verschwunden, das ich nicht war, die glücklichen Eskapaden in die Welt der Hausbediensteten, mit dem Jucken des Strohs, den Verletzungen der Dornen, dem Geruch nach Mist, dem grünen Wasser, den Worten, die hinter der Mauer des Stammhauses existierten. Diese Kleinigkeiten waren es, die mich, ohne daß ich es wußte, für immer an Arán binden sollten. Sie und der Tod, das, vor dem wir rasch flohen mit dem Auto, das über die Pflasterstraße holperte.

Und jetzt müßte ich sagen: Ich weiß nicht, warum ich das alles erzähle. Und du, Mädchen, wirst das Halbdunkel mit den Fingern zerteilen und antworten: Für mich.

Wiederkehr, mit Geschenken bei der Abreise und bei der Rückkehr. Ich erinnere mich, daß an diesem Tag im Hafen die Esplanade des Zollgebäudes voller Auswanderer war, die nach Amerika fuhren und mit ihren unförmigen Reisetruhen, Pappkoffern oder einfachen Kleiderbündeln nach Kirchsprengeln gruppiert dort lagerten. Eine lange Reihe wartete darauf, beichten zu können und sich von einem Geistlichen, der neben dem Portal der Hafenverwaltung saß, segnen zu lassen, was dieser mit einer gewissen Lustlosigkeit tat, vielleicht wegen der Routine oder wegen der stickigen Hitze, denn er fächelte sich Luft mit dem Barett zu, während der Knieende die Sünden aufzählte, als körnte er eine unsichtbare Maisähre aus. Es war das erste Mal, daß ich so etwas sah. Durch Papa, dem ich zuhörte, war ich von klein auf mit der Landkarte der Städte der anderen Welt vertraut, Städte mit tänzerischen Namen, wie Havanna, Caracas, Santos, Rio de Janeiro, Montevideo oder Buenos Aires. Ich wußte, daß fast jeden Tag Schiffe zu diesen Zielen ausliefen. Ich ging immer wenige Meter entfernt von dort vorbei, durch die Méndez-Núñez-Gärten, und nie hatte ich diese Dörfler, die Gepäckstücke mit sich herumschleppten, mit einer Reise nach Amerika in Verbindung gebracht, die ich mir in der Phantasie wie eine Expedition von Abenteurern vorstellte. An dem Tag, als ich die Esplanade des Zollgebäudes überquerte, schweigend beobachtet von jener bäuerlichen Menge, am Arm meines Vaters und von Leuten begleitet, die uns das Gepäck trugen, hatte ich deshalb das Gefühl, in einem ausländischen Hafen zu sein, der voller Statisten war, die den weniger lustigen Momenten der Filme von Charlie Chaplin entstammten, die ich im Kinematographen im Pavillon Alfonso anschauen ging, ganz in der Nähe. Wie froh war ich jetzt, anders zu sein, ein hübsches Kleid zu tragen, in die entgegengesetzte Richtung zu gehen, mich nicht einordnen zu müssen in jene Reihe verschüchterter Mädchen mit Schultertüchern und kleiner Jungen mit Mütze und dem häßlichen Pendel einer Krawatte, die ihnen bis zu den Knien herabhing!

Auf mich wartete Gondar! Ich hatte ihn nie gesehen, ich kannte ihn nicht, aber ich besaß eine Art Talisman von ihm, einen Stoß Postkarten, die er mir geschickt hatte, ebenfalls aus anderen Ländern, in die er gereist war, Bilder aus Amsterdam, Berlin, Prag, Luzern, Wien, Venedig ... Gondar war für mich wie ein Zauberwesen, das sich in einem Kosmorama bewegte, vor einem Hintergrund aus Molen, Tulpen, Schwänen, Kathedralen, Museen, Hotelterrassen mit weißen Markisen an tiefblauen Seen, Cafés mit großen Spiegeln und Plätzen, die als Nabel der Welt entworfen waren. Jedes Bild, das ich erhielt, war wie eine Lockung, die mich in Bann schlug. Ich verwahrte sie mit einem Haarband umwickelt, und wenn ich sie aufband und in der Einsamkeit Revue passieren ließ, erlangten die Bilder ihre wirkliche Größe, und ich spazierte ganz natürlich durch diese Orte, was so weit ging, daß ich, als ich zum ersten Mal hinreiste, schon da gewesen war, und meine Begleiter wunderten sich, daß ich viele Dinge wiedererkannte, daß ich nach winzigen Details fragte und nicht besonders über die großen Bauwerke staunte. Auf einer dieser Postkarten, auf denen er mich normalerweise mit *Liebe Nichte* anredete, sah ich zum ersten Mal den Ausdruck *Liebe Misia*, der mir vorkam, als sei er an eine Person gerichtet, die es bislang nicht gab, an jemanden, der genau deshalb zur Welt gekommen war, um sich in dieser Weise geschrieben zu sehen. Und so stellte ich mir unbewußt, während ich in der Kabine des Schiffs, das mich nach London brachte, in dem Stoß Postkarten blätterte, eine Geschichte vor, die tatsächlich geschehen sollte, obwohl man später voll Schrecken entdeckt, daß der eigene

Traum zuweilen auch deshalb möglich wird, weil jemand an einem anderen Ort einen Alptraum in Gang setzt. Ich kam in den ersten Julitagen 1936 in London an. Es war wirklich so, als begänne ein Märchen für mich. Gondar erwies sich als ein gutaussehender, lustiger Mann und als beschützender Onkel, die ideale Gesellschaft für das junge Ding, das Frau sein und doch weiter ein Mädchen bleiben wollte. Er wohnte in einem schönen Haus aus Ziegelsteinen und mit einem Portal aus weißem Holz, in einem eleganten Viertel, in Mayfair, das sich in jenen hellen Sommertagen wie eine Rosenpflanzung, wie ein verzauberter Garten ausnahm. Für mich sollte es für alle Zeiten das Haus der Kupferbuche sein, ein großer Baum, der in der Ferne mit seiner riesigen Krone von rötlichem Gold lockte. Kurz nach meiner Ankunft, als ich noch immer staunte und mich unsicher wie ein gerade entpuppter Schmetterling bewegte, erfuhr ich dort, daß in Spanien ein Krieg ausgebrochen und Papa aus Kummer gestorben war. Und viele Jahre lang wollte ich nichts wissen von dem, was ich zurückgelassen hatte. Spanien erschien mir als ein grausames Wort. Manchmal ..., manchmal kam mir wie ein erstarrtes Bild nur der Anblick jener Reihe auswandernder Jungen in den Sinn, die auf die Beichte warteten mit den unförmigen, rhombenartigen Krawatten, die ihnen wie schwere Pendel vom Hals herabhingen. Langweilt dich das alles nicht?

Ach nein, Señora! Mir gefällt Ihr Geschichtenerzählen.

12.

Und es wohnte auf den hohen Weiden der Peñas Cantoras ein einsames Barbanzapferd mit weißen Fesseln, der jettschwarze Körper auch schön mit Tupfern bemalt, das mit den grünlichen Lippen am Balsam der Knospen des Ginsters zupfte, während es betrübt über dem Buch der inneren Farben grübelte, denn es war auf seine Weise ein Überlebender.

Die Mutter des Barbanzapferdes war beim großen Meerschnee von 1964 umgekommen, der die breiten Flußmündungen und die hohe Steilküste mit einer weißen Decke überzogen und Kiebitze und den Wolf ins Küstengebiet getrieben hatte. Es gibt Tage, an denen die Möwen wie Katzen schreien, und dies war so ein Tag. Es erinnerte sich, wie es, steif vor Kälte, ein kindliches Wiehern hervorstotternd, zwischen dem Schrecken angesichts der toten Mutter und dem Staunen angesichts der beschneiten Ufer des Meeres schwankte. Die meisten grünbärtigen Pferde der Höhen von Barbanza waren ebenfalls im Schnee gestorben, aber in einem fernen Exil von Zugtieren, in der russischen Steppe, erfroren auf den verlorenen Wegen oder mit dem Messer aufgeschlitzt, denn es gab Soldaten im großen Krieg, die ihre Seele für einen Schluck Pferdeblut hergegeben hätten, das die kältestarre Glocke des Halses beleben würde, oder dafür, die Hände wenigstens eine Minute in der Höhlung der Eingeweide zu wärmen, dort den reglosen Körper zu bergen am eisigen Saum des Lebens.

Und weil es vor einem anderen Kapitel der Erinnerung floh, vor der alten Schnabellampe des Mondes, die über der Totenwache der Mutter leuchtete, biß das Barbanzapferd zwischen den Knospen vor lauter Hast in einen Dorn, der es zum Tänzeln und Fluchen brachte.

Herrjeses! sagte der Rabe, der sich auf dem höchsten, moosüberzogenen Felsstein niedergelassen hatte.

Das Barbanzapferd schaute den mit der Kapuze aus dem Augenwinkel an und versuchte, die Aufmerksamkeit zu verhehlen, denn diesen streitsüchtigen Leuten, dachte es, schenkt man besser kein Vertrauen.

Und da er keine Antwort erhielt, nicht einmal ein armseliges dankeschön, sagte Toimil das Losungswort, das die Erinnerung an das versunkene Reich weckt: *Vivat Floreat Natio Galaica!*

Und daraufhin sagte Albar, das Pferd, ein Amen, das ihm aus tiefster Seele kam. Von der Rede her konnte der mit der Kapuze kein Bösewicht sein. Außerdem war er als Tier des Landes nicht liebedienerisch, wohl aber gesellig.

Ich komme vom König von Galicien, sagte Toimil. Er befiehlt, daß du nach Arán hinuntergehst und dich fangen läßt.

Fangen? fragte Albar überrascht. Er wollte nicht ungehorsam erscheinen, aber eine solche Zumutung schmerzte ihn genauso wie der Dorn im Zahnfleisch. Und dieser unser Herr hat nicht von einer schönen Erfindung gehört, die Freiheit heißt?

Wie sollte er nichts davon gehört haben! Sie ist sein Wappen, sein Adel!

Also?

Es handelt sich um eine besondere Mission ...

Ich habe kein Brandzeichen, gab das Barbanzapferd mit melancholischem Stolz zu bedenken. Und bei diesen Worten spürte es den Schauer des glühenden Eisens auf dem Schenkel, den Geruch der verbrannten Haut der Sklaverei, die Demütigung der groben Schere, die rücksichtslos die lange Mähne beschnitt, den wilden Jubelschrei aus menschlichen Kehlen beim Fest der *rapa*, einen trunkenen Hahn, der den sternförmigen Sporn ins Kreuz schlägt. Ich will nichts mit den Menschen zu tun haben, ich ziehe die Wölfe vor.

Es ist ein Gefallen, um den der König bittet!

Und wer wird reiten?

Ein unschuldiger Narr.

Und es stand das Barbanzapferd auf einer Wiese mitten im bebauten Grenzland von Arán und suchte nach Klee und Minze, um die Gier des Magens zu befriedigen, als es einen mit blauer Jacke und mexikanischem Hut daherkommen sah, eine Sichel unter dem Arm und in der anderen Hand einen großen, voll aufgedrehten Kassettenrecorder. Bei jedem Schritt, den ich tu, denk ich an meine Muhuhutter.

Er war es, ohne Zweifel. Deutlich krächzte zum Zeichen der Rabe des Schornsteins.

Pferd und Mann schauten einander an. Die Musik des Apparats klang wie eine Grille in der Höhle der Seele. Für den Waisen scheint keine Sonne, alle sehen sich als sein Vahahater. Da hast du, Albar, Simón: Engel, der in der Werkstatt der Hölle mit der Machete geschnitzt wurde, er mag etwa dein Alter haben, auch er erinnert sich an den Meerschnee von 1964, die glühenden Fingerchen in den Flocken. Da hast du, Mensch, das alte weiße Pferd, das aus dem Paradies der ewigen Jugend kommt, aus dem großen Apfelgarten, wo die Stunden nach Renetten gezählt werden. Und es war Simón, der einen Schritt tat, nachdem er Recorder und Sichel abgelegt hatte, und er tat es ganz langsam, als wäre die Wiese ein gläserner Teppich, nicht, daß ein heftiges Schnalzen den Traum zerplatzen ließe, diese Vision, die er gefangenhielt, ergeben schauend, das Gewicht der Luft auf den ausgestreckten Armen.

Und ein paar Bauern, die an den Zäunen entlanggingen, und andere, die zwischen den Bäumen und hinter den Hecken auftauchten, waren Zeugen dieses weiteren Wunders: Simón, der Stumme von Arán, sprach zu einem Pferd. Zuerst leise, zärtliches Gemurmel und melodische Seemannsakkorde oder buchstabierte Liebkosungen mit dem herben Aroma der Sprache der Berge. Die Ungläubigen konnten die Worte in der Luft sehen, konzentrische Kreise im schwebenden Dunst des Tales. Und diese Laute, die ersten menschlichen, klangen Albar gut in den Ohren, der sich nur bewegte, um zu spielen und die Besitznahme ein wenig hinauszuzögern. Auf jede Bewegung Simóns antwortete das Pferd mit einer Gebärde ausgelassener Ironie, bald schnaubte es, bald legte es die Ohren an, bald schnappte es, aber Vorder- und Hinterhand standen still. Es gab einen Augenblick, in dem der Mann, zwei Meter von dem Tier entfernt, begriff, daß er es war, der geprüft wurde: als er sich im reinen Tiefschwarz der Augen des Wildpferdes gespiegelt sah. Frei jetzt, sich aufzubäumen und ihm den Schädel einzuschlagen. Kraft hatte es in den weißgekrönten Fesseln, ein Hammer steckte in jeder Hand. Von Mauer zu Mauer tauschten die Leute von Arán mit dem Blick Vermutungen aus und gingen Wetten ein. Simón überlegte nicht lange, er trug ein edles Zeichen, der Schwarze, und verkürzte mit süßen Reden die restliche Entfernung, gerade nur eine Armeslänge bis zum Maul, und kniete sich hin und wählte Klee und Minze aus und näherte die Handvoll wie eine Opfergabe den Lippen des Pferdes mit den vier weißen Füßen. Das Pferd knabberte zart und ließ sich das Geschenk schmecken. Der Mann richtete sich langsam auf und näherte sich Albar mit der Hand des Schmauses, bis er sein Fell mit den Fingerkuppen berührte, flüsterte ihm ins Ohr, mein Schöner, komm, mein Schöner, bis der Stumme ihn umarmte, sich die Hälse verflochten, sie sich küßten, Herz, mein Herz.

13.

Freundschaften unterhielt Gondar nur mit Frauen, und das machte ihn noch attraktiver. Ich könnte sagen, wie in einem Kitschroman, daß ich schon damals verliebt war, ohne es zu wissen. Aber das war etwas, das mir nicht einmal durch den Kopf gehen durfte, das wider die Natur der Dinge gehen würde, ein unmögliches Gefühl. Ich dachte so darüber: Ich habe meinen Onkel, den Bruder meines Vaters, sehr lieb. Im Umgang mit diesen Damen pflegte er sorgsam sein Profil als Kavalier, wie eine Gestalt aus einer anderen Zeit, so eine sichere und gleichzeitig warmherzige Art, die anderen zu behandeln, indem er die kleinen Eitelkeiten seines Gegenübers schönredete und sich immer als Ziel der eigenen Ironie anbot. Sein Gewerbe als Reeder definierte er als das eines raffinierten Freibeuters. Als Spanier hielt er einer Republik die Treue, die nicht mehr existierte. Er war weiterhin katholisch, denn das erlaubte ihm, sich wahrhaft ungläubig zu fühlen. An dem Tag, an dem du aufhörst, über dich selbst zu lachen, sagte er, werden die anderen über dich zu lachen beginnen. Und die meisten dieses sonderbaren Zirkels waren Frauen genau wie er, lächelnd und zeitlos, einem Gemälde entstiegen und im Begriff, sich wieder hineinzubegeben. Sie, einige dieser Freundinnen, waren meine Gesellschaft, als der große Krieg mit Deutschland kam und Gondar anfing, beschäftigt zu sein, und es gab Tage, manchmal Wochen, in denen er nicht in dem Haus der Kupferbuche erschien. Und was mich verwunderte, war, daß immer, immer, wenn er nicht kam, eine dieser Damen an der Tür klingelte und »etwas Nettes« mit mir vorhatte, auch wenn die Stadt wegen der Bombardierungen auf dem Kopf stand. Viele dieser Ausflüge endeten damit, daß wir uns rennend in einen Schutzraum flüchteten. Einmal fand ich mich mit einem Kind in den Armen wieder. Ein andermal mit einem Käfig voller kleiner Papageien. Und denk nur, wie es im Leben kommen kann, nie hab ich mich so geschützt gefühlt, so mit Menschen, mit einem Land verbunden wie in London, wenn die Alarmsirenen losgingen.

Nach dem Alptraum des Krieges kamen Tage, an denen es verboten war, von Leid zu sprechen, und alle versuchten, die Zeit nachzuholen, sich lebendig zu fühlen und es zu feiern. Auf einem dieser Feste, auf einem sehr berühmten Faschingsball in der Albert Hall, lernte ich Kadi Nabar kennen. Ich ging als maurische Prinzessin am Arm meines Onkels, und er stellte mich vor, als wäre ich wirklich gerade aus einem Phantasieland eingetroffen, meine Nichte Misia aus Arán, sie kommt aus dem alten Königreich Galicien. Dann wandte er sich ab, nur einen Augenblick, und man gab mir ein Glas Champagner in die Hand, das ganz kalt war, eiskalt, und ich merkte, daß mir die Fingerspitzen erfroren, und dann, stell dir vor, erfaßte die Kälte wie eine Welle den ganzen Körper, auch die Stimme, so daß ich gar nichts mehr sagen konnte, eine Nervensache, und das einzige, was ich tat, war lächeln, mit einem starren Lächeln, so, als wäre meine Haut ganz straff gespannt, und die Beine gehorchten mir nicht, ich wollte einen Schritt mit dem rechten tun, und das andere setzte sich nach vorn, lach nicht, mir war ganz schwindlig bei all den Leuten, die was zu mir sagten, und den Lichtern der Lampen, die mir in den Augen tanzten. Und von da an war alles furchtbar. Ich fühlte mich lächerlich und einsam in der Menge. Oder eher, zum ersten Mal seit langer Zeit, fremd, als hätte die Kleidung eine schlafende Angst geweckt. Jedenfalls weinte ich fast, als es mir schließlich gelungen war, ans Ende des Saales zu kommen, und ich mich auf einem Stuhl niederließ. Ich schloß die Augen, und ich weiß nicht, wieviel Zeit verging, denn ich nahm den Trubel des Festes und das Unbehagliche meiner Verkleidung gar nicht mehr wahr. Was ich hörte, lach nicht, war ein Wassergraben, ein Gemurmel an einem zunächst unbekannten Ort, Wasser, das sich seinen Weg zwischen den Königsfarnen bahnte und dann in einer kleinen Kaskade einen mit Moos und Venusnabeln bedeckten Felsen hinunterstürzte, und du kannst dir nicht vorstellen, was für eine Erleichterung mir diese Sehnsucht verschaffte, das Fühlen der Erinnerung wie eine Liebkosung. Verloren, wie ich war, kehrte ich in einen Winkel in Arán zurück. Aber ich mußte die Augen öffnen und ihn verlassen, weil jemand mich fragte, ob mir nicht wohl sei. Ich sah ihn, über mich gebeugt. Es war ein junger, dunkelhäutiger Mann mit sehr dichten Augenbrauen, zumindest war es das, was mir auffiel, denn er war sehr nah, so nah, wie wir beide uns jetzt sind. Ich lächelte ihn an, ohne etwas zu sagen außer zu lächeln, aber ich merkte schon, daß meine Haut nicht mehr spannte und daß die Finger das verdammte Glas erwärmt hatten. Ich trank also einen kleinen Schluck, so als wollte ich Zeit gewinnen, und ich spürte auf den Lippen, daß ich wieder sprechen konnte. *I've come with my father*, denk nur, was für ein Unsinn, ich bin mit meinem Vater gekommen, das war das erste, was mir einfiel. Und er, er antwortete mir, ah, das trifft sich ja gut, ich bin mit meiner Mutter gekommen. Er brach in Lachen aus, ich ganz verlegen, aber dann fragte er mich, ob er sich hinsetzen dürfe, neben mich. Als ich genau hinschaute, fand ich, daß trotz der Strenge, die ihm seine Augenbrauen verliehen, seine Gesichtszüge fast kindlich waren. Er wirkte wie ein hochgewachsenes Kind, ein frühzeitig in einen Anzug gesteckter Junge. Ich bin gerade um die Welt gereist, sagte er zu mir. Und dann: Ich habe Angst vor Fahrstühlen. Wenn es ein Erdbeben gibt, ist es besser, nicht in einem Fahrstuhl zu sein. Klar, natürlich, die Erdbeben, sagte ich amüsiert. Jeden Tag gibt es ein Erdbeben. Nein, sagte er. Jeden Tag nicht. Aber ich habe eines, das mich verfolgt.

Und das stimmte.

Kadi Nabar war Armenier. Er war in einem Dorf am Bosporus zur Welt gekommen, und an jenem Tag hatte die Erde gebebt. Seine Familie deutete dies als ein Zeichen und zog nach Bagdad. Nach einem weiteren Erdbeben gingen sie nach Kairo. Kadi begegnete diesem Erdbeben an anderen Orten der Welt. Er lernte, es vorauszuahnen. Er entdeckte, daß es immer irgendwo einen Hund gab, der es mit Gejaul ankündigte, mit einer Art unverwechselbaren Klage, die ihn auf der Hut sein ließ. Also, sagte er plötzlich, wenn du ein Erdbeben erleben willst, kannst du mich heiraten. Und denk nur, eines Nachts, in Bombay, ich hatte diesen Scherz längst vergessen, da weckte er mich und fragte mich, als wäre es ganz selbstverständlich, ob ich nicht diese Klage hörte, die vom Hund des Erdbebens kam. Ich drehte mich zuerst um, nicht ganz sicher, ob ich angefangen oder aufgehört hatte zu träumen, denn es stimmte, daß ein Hund zu hören war, unglaublich, wie die Vorahnung eines einsamen Tieres die Nacht ausfüllen kann. Aber dann erinnerte ich mich plötzlich, und mein Herz tat einen solchen Sprung, daß ich auf einmal aufrecht im Bett saß, die Augen weit aufgerissen, voll Panik, stell dir vor, du weißt, daß etwas Schreckliches in der Welt passieren wird, und die Person, die gemeinsam mit dir in das Geheimnis eingeweiht ist, sagt, es sei besser, sich nicht zu bewegen, es sei Wahnsinn, zu dieser nächtlichen Stunde im Nachthemd auf den Fluren des Hotels herumzulaufen, und zieht dich sanft auf das Kissen hinunter, umarmt dich und sagt: Mach dir keine Sorgen, mein Herz. Und es dauerte nicht lange, bis wir merkten, daß das ganze

Gebäude schwankte, aber ganz langsam, ohne Erschütterungen, wie eine Wiege, und wir schauten stumm zu, wie die Gipsblüten der Rosette von der Zimmerdecke herabfielen.

Das war mein erster Ehemann. Kadi war reich, ungeheuer reich. Dieser Bewunderer von dir, hatte Gondar nach der ersten Begegnung in der Albert Hall schmunzelnd zu mir gesagt, könnte in Gold baden. In schwarzem Gold. Seine Familie besaß große Erdölfelder im Irak. Und mir, erzählte die Señora, während sie Rosa ein komplizenhaftes Lächeln schenkte, erschien er danach natürlich noch sympathischer und interessanter. Er war es wirklich, beides, reich und sympathisch. Nach unserer Heirat bestand unsere einzige Beschäftigung darin, uns nicht zu langweilen. Er lehrte mich ein italienisches Sprichwort: Geld macht nicht glücklich, aber es beruhigt ungemein. Ich erinnere mich, daß man uns einmal in einem Hotel in New York eine sehr hohe Rechnung präsentierte, weil unser Pekinese einen Teppich beschmutzt hatte. Kadi blieb ganz ruhig und fragte nach dem Preis des Teppichs. Es war ein riesiger Teppich, der fast den ganzen Boden der Eingangshalle bedeckte. Daraufhin erschien der Direktor, sehr nervös, und bat um Entschuldigung, aber Kadi sagte: Packen Sie ihn mir ein, ich nehme ihn mit nach Europa. Wir erlebten eine wunderbare Zeit in Paris, in einem Haus mitten in der Stadt, Avenue d'Iena, mit Fasanen im Garten, die bisweilen von der Terrasse heruntersprangen und den Verkehr lahmlegten. Wir waren wie zwei verliebte Kinder, reich und glücklich. Wir verbrachten unsere Zeit damit, zu reisen, zu lachen, miteinander zu spielen, mit dem Versuch, uns Tag für Tag zu überraschen, im Walzertakt! Und wir verließen uns von einem Tag auf den anderen, so als wären wir aus einem Salon hinausgetanzt und hätten nicht einen Garten mit Fasanen, sondern eine gewaltige Leere vorgefunden.

Ich wurde nicht schwanger, aber wir gaben dem auch keine Bedeutung, wir hatten keine Eile mit irgendwas, doch eines Tages, eines Tages, da kam ein Arzt, der mich wegen einer Infektion behandelt hatte, und sagte uns, es sei sehr wahrscheinlich, ihm scheine es so, er sei fast sicher, daß ich keine Kinder haben könnte. Und mir tat es etwas weh, aber im Grunde machte es mir in dem Augenblick nicht besonders viel aus, denn in Wirklichkeit war ich noch kindlicher als er und lebte jede Stunde im Walzertakt. Und Kadi sagte auch nichts, er lächelte, um mich aufzumuntern, während er meine Hand nahm. Aber wenige Tage später, als wir mit seiner Familie zusammen waren, kam die Sache zur Sprache, und mir wurde klar, daß diese Nachricht die Luft zu Eis hatte erstarren lassen. Das Gesicht der Mutter verhärtete sich plötzlich, in der Tiefe ihrer Augen entdeckte ich voll Wut etwas, das ich noch nie erfahren hatte: Verachtung. Ich schaute Kadi an und sah, daß alle Farbe aus seinem Gesicht gewichen war, daß er innerlich erkaltet war und nach Luft schnappte wie ein Fisch, der auf dem Trockenen liegt. Sein ganzer Humor, seine ganze Willensstärke als Kind der Erdbeben hatten sich verflüchtigt. All das, diese Kapitulation, die ich bemerkte, empörte mich innerlich, und plötzlich war es, als wäre Kadi ein Fremder, eine dieser Schattengestalten, die gesichtslos über die Wege geistern, wenn es regnet, ein Eindringling in meinem Leben, jemand, der dich an der Hand durch einen Rosengarten führt und dich am Rand eines Abgrunds stehen läßt. So fühlte ich mich dort, durchbohrt von einem halben Dutzend Augenpaaren, die so etwas wie eine Erklärung des Unerklärlichen von mir forderten, daß ich um Verzeihung bäte, daß ich mich irgendwie für etwas Anormales entschuldigte, das in meinem Wesen lag. Ich war ein junges Mädchen, eine junge Dame aus der guten Gesellschaft von Coruña, erzogen, um schön, elegant und glücklich zu sein. Auch diskret, wenn es darauf ankam. Ich war nicht darauf vorbereitet, so bald einen Schlag dieser Art einzustecken, und wünschte nur, nach Hause zu gehen, um zu weinen. Aber dann stieg eine Kraft in mir hoch, die mir so unbekannt wie wohltuend vorkam, ein Anfall von Zorn, der mir Mut für alles machte, was folgte und was ich entschlossen in die Tat umsetzte. Ich ließ die Teetasse stehen, erhob mich mit einem Lächeln und sagte, es sei mir ein Vergnügen gewesen, sie kennenzulernen. Dann ging ich meine Handschuhe, die Tasche und den Mantel holen, in London herrschte kaltes, regnerisches Wetter, wie hier jetzt. Sie saßen überrascht da, stumm, und als ich im Flur war, folgte mir ein wachsendes Gemurmel. Er kam mir hinterher. Was ist, Mädchen? Mach dir keine Sorgen. Misia, du irrst dich. Warte, warte. Aber als ich mich umdrehte, schon neben der Tür, und ihn direkt ansah, wußte ich, daß es keinen Ausweg gab, daß ich nicht mehr nachgeben konnte, daß etwas Verhängnisvolles, ein bitterer Schatten, sich zwischen unser beider Leben geschoben hatte, denn er wußte es auch, obwohl er mich mit nassen Augen bat, nicht fortzugehen.

Und wir haben uns nie wieder gesehen. Nicht einmal im Beisein von Anwälten. Aber er verhielt sich sehr korrekt, sehr höflich. Eine Zeitlang versuchte er, mir Geld zukommen zu lassen, und er ließ erst davon ab, als er feststellte, daß alles zurückkam. Ich weiß, daß er mir einige Male im Geheimen half, seine Freunde mobilisierte, wenn er meinte, daß ich es brauchte, irgendwie merkte ich, daß es seine verborgene Hand war, die freundlich die Tür öffnete. Er heiratete erneut, ich glaube, mindestens noch zweimal, aber auch mit diesen Frauen hatte er keine Kinder. Einmal schrieb er mir aus Portugal. Liebe Misia, stand da, verzeih mir nicht. Verzeih mir nie. Und darunter: Ich erwarte voll Sehnsucht ein Erdbeben in Lissabon. Ich erfuhr, daß er dort gestorben war, in einem Hotelzimmer, aber nicht bei einem Erdbeben. Er war auf der Durchreise und verlängerte wieder und wieder den Aufenthalt, ohne daß jemand genau gewußt hätte, warum.

Ach nein, es ist nichts, ich weine immer ein bißchen an dieser Stelle.

Ich ... ich, nach dieser Sache hatte ich verdammt wenig Lust auf einen Mann. Plötzlich kam die Erinnerung, um mich in Traurigkeit einzuspinnen. Ich sah mich in Arán, stickend auf der Galerie, in einen Korbstuhl zurückgelehnt. Andere Male unterhielt ich mich damit, auf der Spur von Gerüchen und Farben durch mein Coruña zu wandern. Die Kuchen von *La Gran Antilla*, die getrockneten Stockfischhälften von *La Tacita de Oro*, die Gewürze Safran, Nelken, Zimt und Pfeffer von *Bernardino Sánchez*, der Kaffee von *Siboney*, die Schokolade von *La Fe Coruñesa*. Und ich konnte sie mit den anderen vermischen, die schwallweise bis zum Stammhaus hochstiegen, die Mistwagen, die die Ochsen in einer Dunstwolke schleppten, die Beerentangkolonie in der Mündung des Flusses, der trockene Stechginster und die Pinienzapfen, die an den kurzen Tagen das Herdfeuer anfachten. Aber ich wußte auch, daß mir die Rückkehr in jene Zeit versagt war, daß hinter den guten Erinnerungen und der unschuldigen Landschaft Dutzende von Zungen warteten, scharf wie Messer aus Taramundi, das schreckliche Laster des Menschenopfers. Ich war zu jung, um mir die Haut vom Leibe reißen zu lassen.

Und es war abermals Gondar, der mir half, ein neues Leben zu beginnen. Auch das Haus der Kupferbuche. Sie beschützten mich erneut und schenkten wir wieder Kraft und ein wenig Fröhlichkeit, genug, um bald mehr zu wünschen, wenn ich auch wußte, daß alle Liebe, die man in jungen Jahren im Überfluß in sich trägt, nach der ersten schmerzhaften Enttäuschung verlorengeht und daß man sich von diesem Augenblick an in den Beschützer seiner selbst verwandeln muß, seine Gefühle rationieren, alle Fröhlichkeit, zu der man imstande ist, für sich horten muß, um die äußere Welt besser verdauen zu können, so wie die Spinne ihren Saft gebraucht. Ich war also dabei, gefaßt mein Leben wieder in Ordnung zu bringen, endlich sicher, mich als erwachsene Frau zu fühlen, allein für mich, als der Typ Mann zur Tür hereinkam, den ich mir am wenigsten vorstellen konnte.

Joker war das Gegenteil von einem Traum. Ein blutsaugender Journalist, der ausgerechnet von den Katastrophen der Liebe lebte. Er schrieb Klatschspalten über berühmte Leute und die obere Gesellschaft. Er war immer der erste, der Zwistigkeiten ankündigte, Treulosigkeiten aufdeckte, über unmittelbar bevorstehende Scheidungen informierte. Er schrieb auch über Hochzeiten und Geburten, aber mit weniger großem Erfolg. Das Glück, sagte er, ist eine kurzlebige Nachricht. Die Zeitungen würden untergehen, wenn sie vom Glück abhingen. Schlechte Nachrichten sind gute Nachrichten. Er schrieb eine Chronik mit dem Titel »Herzkönig«, aber er war in Wirklichkeit eher bekannt unter dem Spitznamen The Gravedigger, Der Totengräber, denn er war auch berühmt für die Nachrufe, die er verfaßte. In ihnen sprach er immer gut von den Leuten. Viele haßten und verachteten ihn heimlich, aber dann behandelten sie ihn mit Samthandschuhen, so sehr er sie auch marterte mit seinen Geschichten. Er war überzeugt, daß seine große Macht von seiner Todesrubrik kam. Es amüsierte ihn sehr, daß das Jüngste Gericht in seinen Händen lag.

Also, das war mein zweiter Ehemann. Er war zu mir gekommen, weil er ein Buch über Erdölmagnaten, insbesondere über die Familie Nabar, vorbereitete. Ich sagte ihm von vornherein, daß er keine Information von mir erhalten würde, daß ich nicht gedachte, den Mund in dieser Angelegenheit aufzumachen. Zu meiner Überraschung beharrte er nicht weiter. Er rief mich später an, um mir zu erzählen, er habe die Idee dieses Buches aufgegeben: Ich werde eines über Sie schreiben, die schöne Frau, die den König des Erdöls verließ! Ich bekam einen fürchterlichen Schrecken. Es war ein Scherz. Seitdem begann ich überall seine abscheulichen grellen Krawatten zu sehen und sein schallendes, perverses Clownsgelächter zu hören. Wir wurden Freunde. Zuweilen schaute ich ihn an und fragte mich selbst, was ich da tat, an der Seite dieses kleinen Teufels, der über das Glück spottete und der jeden Tag die Stadt wie ein Geier auf der Suche nach unglücklicher Beute überflog. Aber die Frage verlor ihren Sinn, wenn er mit seinem breiten maliziösen Lächeln die Szene betrat. Das Leben war eine Komödie, ein Schauspiel, warum das Spiel nicht spielen? Warum es unbedingt ernst nehmen wollen?

Joker war ein Zyniker, ein Mensch voll Ressentiment, ein Lügner und manchmal ein richtiger Schurke. Diese Wesensart, diese Lebensform, die darin bestand, zu heucheln und von den Leuten zu profitieren, und daß die Leute, obwohl sie es wußten, sein Spiel mitspielten und ihm sogar schmeichelten und seine Gesellschaft suchten, statt ihn zu fliehen, faszinierte mich. Es war eine Seite der Welt, die mir völlig unbekannt war. Es gab viele Dinge, die ich nicht wußte. Dinge, die mit der menschlichen Natur zu tun hatten. Zum Beispiel ... zum Beispiel glaubte ich an die Sünden. Ich glaubte genauso an die Sünden wie als kleines Mädchen. Ich wußte, daß ich eine Sünde begehen konnte, aber ich war auch sicher, daß ich es merken würde, daß ich mir sagen würde, gut, ich habe eine Sünde begangen, es ist nun mal geschehen, oder: das erfordert Buße. Ich konnte mir keine andere Sichtweise vorstellen. Was mich bei Joker anzog, war diese amoralische Art, durchs Leben zu gehen, diese so unverblümte Art, egoistisch zu sein, dieser Mut, keine Skrupel zu haben. Alles mit seidenem Handschuh. Es kam ein Augenblick, da ertappte ich mich dabei, wie ich selbst über die Dinge sagte: Es paßt mir, es paßt mir nicht. Die Dinge besaßen keinen Wert an sich. Auch den spontanen Gefühlen durfte ich keinen Glauben schenken. Ich war das Maß von allem! Ich glaube, ich dachte, mit dieser Art Mann würde ich frei und zugleich beschützt sein können. Und ich hatte recht. Denn mir gegenüber spielte er bis zum äußersten die Rolle des verliebten, ritterlichen Mannes, als zöge er einen Kreis um meinen Namen, als wollte er ihn in eine beschützte Insel verwandeln. Er verlangte nichts im Gegenzug. Für ihn war ich etwas Exotisches, eine Art Schwäche. Ich sah nur Sklavinnen um mich herum. In der unteren und in der oberen Gesellschaft. Bei ihm war ich keine Sklavin. Für nichts. Für keine Pflicht, für kein Gefühl. Und so kam es, daß ich, als ich mit ihm lebte, weil ich mit ihm lebte, Gondar wirklich zu lieben begann. Mein Onkel verabscheute Joker, er verhielt sich, als existierte er nicht. Aber im Grunde wußte auch er, daß ich, wenn dieser Teufel nicht in meinem Leben aufgetaucht wäre, nie die Kraft gehabt hätte, nie fähig gewesen wäre zu tun, was ich getan habe.

Und es war Rosas Herz, das unruhig in der Stille klopfte, die folgte, während die Finger der Señora Melancholien auf den Spitzen der geklöppelten Tischdecke nachstickten. Pflanzliche Formen. Ein Labyrinth aus Zärtlichkeit, um die Augen auszuruhen.

Ja, Gondar und ich waren ein Liebespaar, sagte Misia, ohne nach alter Manier auf Fragen zu warten, behutsam den Ring der Belagerung ziehend. Mit Joker lebte ich, bis er starb. Für mich war es sehr traurig, ich habe ihn mit der Zeit irgendwie geliebt. Und er hatte nicht geplant, so früh zu sterben. Ich glaube, er war überzeugt, der Tod würde sich ihm gegenüber rücksichtsvoll verhalten. Eines Abends, als ich nach einem Besuch bei ihm im Krankenhaus nach Hause kam, hatte ich den Einfall, in seinen Papieren zu stöbern. Weißt du, was ich fand? Ich fand ein Archiv von Nachrufen auf Leute, die noch nicht gestorben waren. Sie waren fertig für die Veröffentlichung in der Zeitung. Es fehlte nur das Todesdatum.

Heiliger Himmel! rief Rosa aus. Er hatte ihnen den letzten Anzug gemacht!

Einer davon war der auf Gondar. Joker wußte Dinge über ihn, die ich mir nicht vorstellen konnte. Was dort geschrieben stand, war die Biographie eines Menschen, den ich nicht kannte. Ist es möglich, mit einer Gestalt wie aus einer erfundenen Geschichte zu leben und es nicht zu merken? Gondar entpuppte sich als Schauspieler, als eine Erfindung. Er war verheiratet. Er hatte ein Kind. Joker beschrieb ihn als einen anonymen Helden. Er hatte ein Netz spanischer Republikaner geleitet, die über die ganze Welt verstreut waren. Während des Weltkriegs wurde er heimlich von den Briten mit einem Orden ausgezeichnet. Anscheinend führte er während jener Abwesenheiten, die ich für Geschäftsreisen hielt, gefährliche Missionen durch. Nachdem ich das gelesen hatte, erschien mir die Welt mehr denn je wie ein seltsames Theater.

Und was taten Sie?

Nichts. Es gibt Dinge, die müssen bis zum Ende weitergehen, man muß das Leben ein wenig spielen lassen. Man hat kein Recht, von jemandem Erklärungen zu verlangen, dessen Nachruf man in Händen hält. Wir waren glücklich. Als er dann wirklich starb, erinnerte sich keine Zeitung an ihn. Ich bemühte mich damals, die Frau und das Kind zu finden, aber niemand wußte das geringste. Bei der Beerdigung war ich allein, im Regen, und sah zu, wie das Wasser in das schlammige Grab lief.

Und für Sie hatte dieser Joker keine Todesanzeige verfaßt?

Nein. Über mich hat er nie etwas geschrieben. Keine Zeile. Nicht einmal ein Liebesgedicht. Es muß gestimmt haben, daß er mich liebte.

He, Matacáns, keinen Piep über das, was du da gehört hast, sagte Don Xil im Versteck, mit strenger Stimme, die Verwirrung war ihm gut anzumerken. Das sind Familienangelegenheiten!

Und wem sollte ich was ausposaunen, Herr Pfarrer? antwortete der Bauer, noch immer benommen von der gehörten Geschichte. Hier gibt es nichts als Verstorbene!

Schon senkte sich die erste Dunkelheit auf die Wiesen zwischen den Höhen der Peñas Cantoras nieder. Rosa, fasziniert, hatte die Zeit vergessen und bedauerte es sehr, in die Welt zurückzukehren. Der Kleine war den ganzen Nachmittag nicht aufgewacht. Seine Schlafenszeit hat sich verändert! Ich könnte ihn unter das Brunnenrohr legen, und er würde weiterschlafen!

Und als sie die große Haustür öffnete, fand sie die Herde der Schafe vor, die, dicht zusammengedrängt, ungeduldig darauf harrten, in das Stammhaus eingelassen zu werden. Sie wartete mit dem Kinderwagen, bis die Tiere vorbei waren, und sah, wie sich alle zusammen in der Halle niederkauerten, neben der Ehrentreppe, wo der Marmor den herrschaftlichen Dämmer durchbrach. Dann klagte sie bei sich, als sie in die Dunkelheit hineinging. Mein Mann! Mein Mann wird mich umbringen!

14.

Als sie im Weinkeller waren, gab Matacáns dem Pfarrer ein paar Zeitungsseiten zu kosten, die er in einem Winkel aufgehäuft hatte.

Führen Sie sich das zu Gemüte, Don Xil, es scheint reifer zu sein.

Das Papier war von einem schmierigen Gelb. *El Ideal Gallego*. Franco, ein Dutzend Forellen im Eo-Fluß, ein Auerhahn in den Bergen von Ancares, viele Löcher im Golfclub, fünf unterzeichnete Todesstrafen im Stammhaus von Meirás. Doña Carmen Polo und ihre Freunde aus Coruña wohnten gestern der Vorführung von *Vom Winde verweht* im Kino Equitativa bei.

Das nennt man, sich von Nostalgie ernähren, sagte der Pfarrer sarkastisch, während er sich die Schlagzeilen auf der Zunge zergehen ließ.

Matacáns: Was?

Nichts.

Und jetzt, für das Sodbrennen, sagte der Wilderer, wobei er mit dem gesunden Auge blinzelte, was halten Sie von einem Muskateller?

Don Xil spürte, daß sein Herz wie eine Nähmaschine raste. Seine Äuglein funkelten im Dunkeln. Was sagst du da, Matacáns?

Sie haben richtig gehört, Herr Pfarrer. Das in den Flaschen ist reiner Essig, und die Fässer sind leer wie Pauken, aber es gibt ein Faß, Don Xil, ein Fäßchen, das ist reines Blut Christi.

Gott segne dich, Matacáns! Kosten wir dieses Wunder.

Als er den Weg, den der Dörfler wies, sah und einschlug, spürte der Pfarrer eine sonderbare Gegenwart, einen luftigen Schatten, der ihn auf der Hut sein ließ und die Freude des Augenblicks trübte.

Hier ist jemand, Matacáns! sagte der Pfarrer und zupfte ihn nervös am Schwanz.

Jemand? Was heißt das, jemand? Das hier ist voll von Leuten, Herr Pfarrer. Im Vertrauen gesagt, man muß sich nur vor den Spitzmäusen in Acht nehmen, die klein und wild sind, ich weiß nicht, woher verdammt noch mal die kommen. Bestimmt sind es Banditen!

Der Wilderer kletterte auf einige Holzklötze und erklomm dann behende das Faß. Er stieß einen Fluch zwischen den Zähnen aus. Der Deckel war frisch durchgeknabbert, und in dem Wein schwammen ein paar Verstorbene.

Ist was? fragte Don Xil ungeduldig von unten her.

Alles in Ordnung! sagte Matacáns. Und er hangelte sich zum Faßhahn herunter, der zuerst nur tröpfelte, dann aber einen Strahl auf den Grund des Napfes schoß.

Gesegnet seist du, Unglückseliger! murmelte Don Xil bewegt, als die ersten Tropfen ihm das Maul bespritzten. Aber als er aus der Schale trinken wollte, wobei er vorsichtig darauf achtete, sie nicht umzustoßen, vernahm er ein Gewirr von Stimmen um sich herum, die sich im Näherkommen bekannt ausnahmen, Stimmen, die hin und her flogen wie auf einem chaotischen Marktplatz der Erinnerung. Und er hatte keine Zeit, hinter sich zu schauen, denn er sah sich von einer lärmenden Rotte umringt, die, angelockt von dem süßen Geplätscher, bestimmt unter den Steinen hervorgekrochen war, in der Mehrzahl Mäuse, aber es gab auch Kröten, Spinnen, Flöhe, Ameisen, Kakerlaken, Bienen, Schnecken, Nacktschnecken, Motten und sogar eine Fledermaus, die sich waghalsig von den Dachbalken herabmanövrierte.

A'Araña, die Spinne: Dieser Seidenfaden, ist, so, wie ihr ihn hier seht, im Verhältnis gesehen stärker als Stahl.

O'Sapo, die Kröte: Die Fliegen, die mir zusagen, sind die vom gesalzenen Vorderschinken.

A'Cascuda, die Kakerlake: Es handelt sich um so was wie hochempfindliche Härchen, durch die man weiß, woher die Tritte kommen.

A'Formiga, die Ameise: Die Wahrheit ist, daß unser Leben sich nicht sehr verändert hat. Wir züchten eine Art Blattläuse, die zahm wie Kühe sind. Die Milch ist vom Typ Kondensmilch.

A'Pulga, der Floh: Ich fühle mich wie Superman, aber in klein. Mit diesen elastischen Beutelchen hüpfen wir das Äquivalent von zweihundert Metern. Hätte man sie doch früher schon gehabt!

A'Abella, die Biene: Mein Augenlicht ist etwas schwach, aber dann hat man auch Vorteile. Zum Beispiel trägt man an den Fühlern chemorektorische Organe, die sehr nützlich sind, um aus der Entfernung Gerüche wahrzunehmen.

O'Caracol, die Schnecke: Mit Verlaub, was mich ankotzt, ist das Rheuma. Rheuma im Leben, Rheuma im Tod. Ist es womöglich ein seelisches Leiden?

O'Morcego, die Fledermaus: (im Vorbeifliegen) Mit 100 000 Hertz!

Das ist Gaspar, erklärte Matacáns, der sich wieder neben Don Xil einfand. Der mit dem knatternden Motorrad.

Beim Kreuze Christi! rief der Pfarrer aus. Hier ist ja die halbe Pfarrgemeinde!

Was ist daran so verwunderlich? Bei der Empfehlung, die wir mitbrachten, wollte man uns weder im Himmel noch in der Hölle, sagte nicht ohne Vorwurf Miranda, die Spinne, die Näherin gewesen war.

Was geschehen ist, ist geschehen! Trinken wir jetzt auf das Wohl aller! erklärte Matacáns, um vom Thema abzulenken. Und komm zur Ruhe, Gaspar!

Aber alle standen wie gelähmt vor Schrecken, die Sinne

im Alarmzustand, denn an einer der Mauerfugen war, sich mühsam herauszwängend, eine Eidechse sichtbar geworden, die ihnen wie ein riesiges Ungeheuer erschien. Als sie auf der Höhe eines der Lichtpfeile war, die durch die Ritzen der Decke drangen, leuchtete der Rücken des Fremdlings in den Farben des Regenbogens.

Entschuldigen Sie die Störung, sagte die Echse mit schläfrigen Augen. Ich bin etwas dumm im Kopf vom Winter, hätten Sie vielleicht die Güte, mir bei der Orientierung zu helfen?

Das hier sind Gefilde am Ende der Welt, informierte sie Donalbai, eine Schnecke, die Fuhrmann gewesen war.

Dann bin ich also nicht falsch.

Und wohin wollen Sie, wenn die Frage gestattet ist?

Nach San Andrés de Teixido!

Alle bekreuzigten sich, und im Chor war die Litanei des westlichen Heiligtums zu hören: DORTHIN GEHT ALS TOTER, WER ES NICHT LEBENDIG TAT.

Erlauben Sie mir, daß ich mich vorstelle, sagte die Echse, angeregt durch das Quorum der Stimmen und durch die von der Vorsehung gesandten Liebkosungen des Lichtstrahls. Mein Name ist Marcial Requián, Produzent von Verbrechen, zu Diensten.

Die Identität des Fremdlings verwirrte die Pfarrkinder und ließ abermals Argwohn auf ihre Stirn treten. Etwas peinlich muß das Schweigen gewirkt haben, denn der Saurier fühlte sich zu weiteren Erklärungen genötigt.

Ich will sagen, ich war Produzent von Verbrechen für Film und Fernsehen. Ich mußte Tötungs- und Todesarten erfinden.

Eine Heidenarbeit, bemerkte Borborás, eine Kröte, vormals Musiker im Orchester Caracola, in Néboa.

An Arbeit fehlte es nicht, nein, sagte die Echse mit einer Spur Wehmut. Wie Sie wissen, erfordert ein Film, der etwas auf sich hält, viel kaltes Menschenfleisch, mit Verlaub, und außerdem haben die Leute was gegen Wiederholungen. Auch wenn tausend in einem Krieg sterben, muß man die Sache mit Phantasie angehen und so hinbekommen, daß das Ganze abwechslungsreich ausfällt, daß dem einen die Brust zerfetzt, dem anderen der Arm abgerissen wird, einem Dritten die Eingeweide heraustreten oder einer ein Auge aus dem Mund spuckt ... Am einfachsten waren die Western, aber dann wurde die Aufgabe immer komplizierter. Für mich sind die langweiligsten die mit den modernen Waffen, in denen die Toten verschwinden, weil sie pulverisiert werden, weg sind sie. Alles Computer. Wenn es keine Leiche gibt, wenn es kein Blut gibt, ist es aus mit der Kunst.

Stimmt es, daß das Blut Tomatensaft ist? fragte Miranda.

Aber nein! Es gibt andere Farbmittel.

Und sagen Sie mir, schaltete sich Don Xil ein, der sehr aufmerksam zugehört hatte, wie viele Leute haben Sie umgebracht?

Uff ... Das könnte ich nicht sagen. Die Produktion von Leichen wuchs mit dem Fernsehen. Es gab Tage, da mußte ich sogar zur Essenszeit Todesarten ausklügeln. Ein Tod, der großen Anklang fand, war der eines Mannes, der verblutete, weil er sich ein Härchen aus der Nase gerissen hatte. Was ich auch tat, alles wurde zu einem möglichen Schauplatz, um mir jemanden vom Hals zu schaffen. Ich war auf einem Fest mit Freunden, und während sie von einer Vergnügungsreise durch die Karibik erzählten, stellte ich mir vor, wie sich in diesem Haus am spektakulärsten eine Leiche plazieren ließe, ob zerstückelt im Kühlschrank oder in Stückchen, in Form von Kroketten, auf den Platten mit den Appetithappen verteilt. Und als reichte all das noch nicht aus, mußte ich mich auch noch auf dem laufenden über die Verbrechensproduktion der Konkurrenz halten.

Aber das ist ja zum Verrücktwerden!

Hm! gurgelte die Echse. Mir war nicht bewußt, in welchen Tunnel ich mich da begeben hatte, bis ich umkehren wollte und nicht konnte. Die Situation wurde beängstigend, als ich an einer Serie über Selbstmorde für das Fernsehen zu arbeiten begann. Sie hieß *Lebwohl, grausame Welt*. Als Spezialist mußte ich dem Drehbuchautor originelle Ideen liefern, wie man sich aus der Welt schaffen konnte. Alles ging mehr oder weniger gut, bis ein anderer Sender ein ähnliches Programm anlaufen ließ, *Ich gehe fort*. Es war ein brutaler, erbarmungsloser Kampf um Zuschauer. Zulegen, zulegen, trieben uns die Vorgesetzten an. Die klassischen Methoden hatten ausgedient. Nichts mehr mit sich am Dachbalken erhängen, mit Gas, mit sich ins Meer stürzen. Wenn die Anwesenden es gestatten: das war Pipifax. Man mußte die Leute beeindrucken! Sehr erfolgreich war eine Episode, in der der Hauptdarsteller, verzweifelt, weil er von seiner Liebsten verlassen worden war, beschloß, seine ehemalige Freundin zu entführen. Er fesselte sie an einen Stuhl und bereitete vor ihren Augen seinen Selbstmord vor. Er stellte sich auf einen großen Eisblock, dann rückte er einen Heizkörper heran, zog die Schlinge fest um den Hals zusammen und ... Der Todeskampf dauerte so lange, wie der Block zum Schmelzen brauchte.

In die Glocke der Trinkschale tröpfelte grabesdüster der flüssige Schwengel aus dem Faßhahn. Die verstorbene Gemeinde schaute entsetzt auf den imaginären Bildschirm, auf dem ein Mann den Halt verlor, in dem Maße, wie die Zeit in der Pfütze auf dem Boden versank.

Wie schrecklich! Fernsehschund! rief Don Xil aus, ohne länger an sich halten zu können. All das geht gegen Gottes Gesetz.

Sie haben ja recht, sagte nachdenklich die Echse. Aber wir haben den Zuschauerrekord gebrochen. Ohne Ihnen nahetreten zu wollen, ich glaube nicht, daß Gott sich viel um die Fernsehserien schert.

Und Sie? fragte Borborás, um die Neugier aller zu befriedigen. Ich meine, Sie, wie ...? Sie verstehen schon.

Es war ein unerträgliches Tempo. Ich mußte Beruhigungsmittel schlucken. Ich wollte nicht sterben. Was ich wollte, war ausruhen, wirklich ausruhen, zu einer langen, langen Nacht kommen. Eines Tages, als ich von der Arbeit kam, wurde mir klar, daß ich den Kopf verloren hatte. Das heißt, ich dachte, was ich nicht denken wollte, und war nicht mehr fähig, den Faden zu kontrollieren. Plötzlich bekam ich große Angst. Ich schaute mich im Spiegel an und sagte: Du mußt schlafen, Marcial. Zuerst habe ich zwei Tabletten genommen, dann noch zwei ... Der Schlaf dauert bis heute.

15.

Und was Rosa von allen Arbeiten am liebsten mochte, war, das Mädchen zu kämmen. Anabel hieß sie. Sie hatte ihr diesen Namen wegen einer Fernsehserie gegeben, bei der sie viel hatte weinen müssen. Die andere Anabel war in ihren Vater verliebt, aber sie wußte nicht, daß es ihr Vater war, der gut aussah, obwohl er schon ergraute Schläfen hatte, ein richtiger Kavalier, aber in Wirklichkeit dachte Anabel, daß er nur ein alter Freund der Familie war, der reich aus Miami zurückgekehrt war nach ... Wo passierte das Ganze noch? Na ja, also der Vater von Anabel, der es war und es nicht war, war auch in sie verliebt, Anabel liebte also ihren Vater, und ihr Vater, der Mann ihrer Mutter, liebte sie. Ihrerseits war die Mutter, die Mutter von Anabel, noch immer in den Vater verliebt, den echten Vater von Anabel, das heißt, in ihre alte Liebe. Jetzt, da sie daran dachte, während sie das Mädchen kämmte, kam es ihr wie Unfug vor, aber damals ..., damals, schwanger wie sie war mit dem Mädchen, das Anabel sein würde, was hatte sie nicht geweint, heiliger Himmel, auf dem Sofa der gerade frisch eingeweihten Garnitur sitzend, dieser Geruch nach mit Kunstleder bezogenem Möbel, das nach etwas mehr roch als nach Leder und das sie an Tage erinnerte, Tage, an denen ... Pah, halt still! Vor allem an Sonntagen wie heute, am Vormittag, wenn die wiederauferstandene Sonne, dem Winter auf den Fersen, den Innenhof des Hauses erwärmte und sie das Mädchen draußen auf einen Stuhl setzte und es kämmte, sein Haar kämmte, bis es wie Seide war, Goldfäden in meiner Hand, blonde Anabel, meine Prinzessin, wachse nicht, werde keine Frau, bleib für immer so, mit dem Plüschhündchen in den Armen. Aber heute ..., heute mußte sie ganz genau im Wald des Nackens und hinter den Ohren nachschauen, weil ...,

weil das Mädchen behauptet, daß es sie juckt, und sich ständig kratzt, was zum Teufel soll sie schon haben, gut gewaschen, wie sie ist, nicht wie früher, heiliger Himmel, was für ein Elend, die Viehställe im Haus, nur mit dem Brunnenwasser und baden, baden!, baden nur ein- oder zweimal im Monat, und vom Essen reden wir besser nicht, man merkt auch am Haar, daß sie sehr viel besser essen, sieh nur, wie es glänzt. Und ein Glück, und ein Glück, daß wir ... Halt still, Mädchen! Ich glaub nicht, daß sie was hat, was soll sie denn haben? Nachsehen muß man schon. Wer weiß, was es da in der Schule gibt!

Und dann rief sie, so nervös wurde sie, daß sie rief: Drecksvieh, Scheißkerl, Schweinehund!

Laß mich sehen, Mama.

Halt den Mund!

...

Hör auf zu weinen! Verdammte Scheiße noch mal. Sieh nur, sieh. Sie klebte auf der Fingerkuppe, sie bewegte sich noch.

Sie hat sechs Beinchen!

Himmelherrgottscheiße! Mistvieh!

Sie erinnerte sich nicht mehr genau, wie sie waren, und die hier kam ihr riesengroß vor. Flach, hart, mit dem Saugkopf, überfressener Gast des warmen Blutes meiner Tochter, sieh, wie sie strampelt, man sieht sogar ihre Zangen. Ob es ein Weibchen ist? Wie die es wohl anstellen, um es zu machen? Sicher hat sie ihr den Kopf mit Eiern vollgemacht, Nissen, ans Haar geklebt, ich werde dir jedes einzelne absuchen, wenn es sein muß, mein Mädchen, wir haben den ganzen Sonntag vor uns, um die Haarpracht der Prinzessin von Läusen zu befreien.

Und sie ging in die Küche und kam mit dem Teller Essig zurück. Besser so, eins nach dem anderen, mit den Händen, und man wird ihr dieses Zeug aus der Apotheke drauftun müssen, ekelhaft, so etwas zu verlangen, besser mit den Händen. Der Kopf voll, wieso hatte sie sie vorher nicht gesehen? Die Mistviecher, die am Nacken des Mädchens saugten, mit ihren Zangen die Goldfäden umklammerten.

Mit wem spielst du in der Schule?

Es gibt einen, dem hängt immer der Rotz aus der Nase.

Spielst du mit dem? Sitzt er neben dir?

Nein.

Dann gib ihm also nicht die Schuld.

Ich spiele mit Patri und mit Luci und mit Milagritos ...

Schön. Laß schon. Wer weiß, wo die hergekommen sind.

Und am Abend, als der Mann zurückkam, denn er war jetzt auch an den Sonntagen in Geschäften und Beschäftigungen unterwegs, sagte sie ihm, daß das Mädchen Läuse habe. Sie war im Bett, wach, die Augen im Dunkel weit aufgerissen. Er lag neben ihr, den linken Arm tot auf der Bettdecke.

Ich habe Blähungen. Weißt du? Ich weiß nicht, ob ich nicht vielleicht schwanger bin.

Und er riß auch die Augen auf, aber ohne Worte.

16.

Und Simón kam nicht zur Ruhe, denn er kümmerte sich um das Vieh und das Ackerland des Hauses und half auch Rosa ein wenig mit den Kindern, vor allem mit dem Kleinsten, der noch auf allen vieren kroch. Aber Cholo, der Schwager, hielt ihn für faul und auch für schwachsinnig, und ihn machte diese mexikanische Musik krank, die ihn immer begleitete, ob auf der Wiese bis zu den Knöcheln im Wasser oder wenn er den Stall ausmistete im Dunst der Kühe und des Ginsterdungs. Es gab noch etwas, das Cholo bei Simón nicht ertragen konnte: das ewige Lächeln, das stille Glück seines Gesichts. Und noch etwas: die Liebe der Geschwister zueinander, wie Frau und Stummer sich gegenseitig beschützten.

Er suchte ihm eine Arbeit und sagte zu ihm, während er ihm auf die Schulter klopfte: Du wirst ein richtiger Mann sein, Simón.

Dreißig Jahre! Was macht ein Mann von dreißig Jahren im Haus! Den Kindern den Hintern abputzen? Er wird einen Lohn bekommen. Er wird ein Mann sein.

Aber ich bin dann allein, hatte Rosa zu ihm gesagt.

Sieh ihn dir an, da draußen: er ist glücklich. Er redet sogar mit dem Pferd.

Und Simón stand bei Tagesanbruch auf und versorgte die Tiere. Gras mit dem Geruch des Morgengrauens im Stall und Mais und Grünzeug für das Schwein und den Hühnerstall. Für Albar eine Mischung aus Hafer, Gerste und Kleie. Zuletzt, auf einer Bank vor dem Barbanzapferd sitzend, aß er seine Suppe. Bevor er ging, zündete er im Gedanken an Rosa das Herdfeuer an. Und er zog sich den preußischblauen Rock mit tiefroten Klappen und Paspeln an, setzte den Walkman auf, rückte den Mariachi-Hut zurecht und begab sich zu Pferde und durch den Wald, eskortiert vom Heer des Königs von Galicien, zum Sägewerk in Néboa.

Albar trabte fröhlich. Er hörte, wie unter den Hufen die gefrorenen Nadeln der Pinien brachen. Sie waren ihm vertraut, die Hohlwege, alte Pflanzengalerien mit Bögen aus Lorbeer und Stechpalmen. Amselgrüße. Nicht einmal ein ferner Motor. Und es staunte das Pferd, einen Mann singen zu hören, der kein anderer war als seiner, und dann war ihm, als sei er leichter und als habe dieses Singen den Takt des Trabes. Man füsiliere mich auf meinem tiefschwahaharzen Pferd.

In Wahrheit, erklärte Toimil dem König von Galicien, könnte ich nicht sagen, ob dieses Singen von ihm traurig oder fröhlich war. Mir verwirrt diese mexikanische Musik die Gefühle. Wie dem auch sei, Simón und Albar kamen einige Minuten vor der Zeit im Sägewerk an. Dort stand eine Gruppe von Arbeitern herum, die ihre Hände an einem Ofen wärmten, der aus einem Säurefaß und brennenden Sägespänen bestand. Als sie ihn kommen sahen, brachen sie in schallendes Lachen aus.

Heilige Jungfrau! sagte einer, der aus Santa Comba war, was ist denn das für ein General?

Simón stieg vom Pferd, erzählte Toimil, und ging mit seinem freundlichen Lächeln auf sie zu, ohne den Hut und die Kopfhörer abzunehmen. Sie erwiderten seine Grußgeste, ohne mit ihrem Gespött aufzuhören, aber unser Schützling deutete alles als herzlichen Empfang. Der Vorarbeiter, der wenig später kam, hatte dagegen ein unfreundliches Gesicht.

He, Ricardo! Hast du gesehen, was für einen Künstler uns Cholo da schickt?

Jorge Negrete! Hahaha …

He, du! rief der Werkleiter Simón zu, während er eine energische Handbewegung machte. Nimm die Kopfhörer ab! sagte er, auf die Ohren zeigend. Weg mit diesem Zeug! Und er tat, als würde er die Kopfhörer packen und auf den Boden werfen. Und diese Klamotten, weg damit! So was anziehen! Siehst du? So was muß man anziehen für die Arbeit! Was du da anhast, ist gut für einen Zirkus. Zirkus! Kapierst du? Das hier nix Zirkus.

Für einen Zirkus, wiederholte er leise. In diesem Augenblick bemerkte er Albar, als habe er ihn eben erst entdeckt. Ich krieg zuviel! Und dieses Pferd? Wo kommt dieses Pferd her?

Er hats mitgebracht, Chef. Der einsame Cowboy!

Bist du von Arán mit dem Pferd gekommen? fragte der, den sie Ricardo nannten, Simón, wobei er mit der Stimme und den Fingern den Trab nachahmte, tacktack, tacktack. Heilige Jungfrau! Was für eine Type! Ein Glück wenigstens, daß du kräftig gebaut bist.

Wie war sein Tag? fragte der König von Galicien.

Er hat für drei oder vier gearbeitet, sagte Toimil. Es gefiel ihm, Holzstöße aufzuschichten, als wären sie Türme in der Luft. Und er mochte den Geruch nach Sägemehl und Holzabfällen. Ich auch. Die Sache war die, daß am Ende des Arbeitstages die anderen Arbeiter den Mariachi-Hut und den Musikapparat versteckten. Sie sind nicht böse: am ersten Tag ist es Brauch, dem Neuling einen Streich zu spielen. Aber er, der Arme, verstand nicht, was geschah, den Grund dieser Bosheit. Er setzte sich auf einen Baumstamm und brach in Tränen aus. Und dann kam einer der anderen, eben der aus Santa Comba, ganz betroffen, als er diesen Riesen mit rotgeweinten Augen sah, und gab ihm seine Schätze zurück.

Morgen bringst du diesen Apparat nicht mit! sagte der Chef, auf den Walkman zeigend und den Kopf schüttelnd. Die Maschine kann dir die Finger abschneiden, verstehst du? Zack, und ab sind die Finger!

Simón schaute stumm nach Albar. Sie standen zwei Schritte vom Pferd entfernt.

Und wenn du mit dem Pferd herkommen willst, sagte schließlich der Chef, dann ist das deine Sache. Er trat zu Albar und streichelte seinen Hals.

Schönes Pferd. Schön, jawohl.

17.

Alle in Arán waren große Leser von *El Caso*, einer wöchentlich erscheinenden Verbrechenschronik, aber nur einmal widerfuhr der Gemeinde die Ehre, auf der Titelseite zu erscheinen. Es geschah aus Anlaß der Ermordung und Leidensgeschichte von Gaspar *O'Morcego*. Man wollte, daß Marcial Requián, Produzent von Verbrechen für Film und Fernsehen, den Bericht aus dem Mund eines außergewöhnlichen Zeugen jener denkwürdigen Begebenheit vernahm.

Komm runter von da oben, Gaspar! rief Don Xil jetzt gebieterisch.

Die Fledermaus zog eine spektakuläre Ellipse in der Luft und flatterte dann herunter, um sich auf dem Zapfhahn eines der Fässer niederzulassen.

Schau, Gaspar. Dieser Herr, erklärte ihm der Musiker Borborás, auf die Echse weisend, ist eine bewährte Autorität in der Welt der Verbrechen und in der Kunst der kriminellen Unterhaltung. Wir durften, wenn auch in aller Bescheidenheit, erleben, daß unser Ort dank deines Falles in gedruckten Buchstaben Eingang in die Geschichte der Verbrechen aus Leidenschaft gefunden hat. Erzähl ihm, wie es war.

Ich erinnere mich nicht gern, sagte traurig die Fledermaus.

Raff dich auf, Gaspar, als wenn's eine erfundene Geschichte wäre!

Man soll ihm was zu trinken geben, riet Matacáns.

Los, Gaspar! ermunterte ihn die Gemeinde.

Ich höre Ihnen respektvoll zu, sagte die Echse. Sie können sich nicht vorstellen, wie ich, der ich das Sterben inszeniert habe, einen romantischen Tod beneide!

Na schön. Ich hatte eine Liebste in Deutschland. Es war

ein Mädchen, das aus der Türkei gekommen war. Klein, schlank, mit dunkler Haut. Ich nahm sie in die Arme, und es war, als würde ich eine Flamme umfangen. Sie hatte schwarze Augen, die verzauberten und den Betrachter dabei leicht wie eine Wolke machten. Ich weiß nicht, ob ich mich klar ausdrücke.

Du drückst dich sehr gut aus! sagte Borborás ungeduldig.

Sie liebte mich, ich wußte nicht, wie sehr, wie man sehen wird, noch mehr als ich sie. Die Sache war die, daß es einen Dritten gab, einen anderen, der hinter ihr her war und der aus ihrer Heimat kam, aus demselben Ort, fast Nachbarn. Wir drei arbeiteten in derselben Fabrik, und das wurde kompliziert, schwierig sowieso, Blicke gingen hin und her, Blicke voll Feuer die unseren, aber auch scharf wie Messer die des anderen. Er glaubte, sie gehöre ihm, und eines Tages sagte er mir das. Ich ... ich, ich weiß nicht, ich habe es schließlich akzeptiert, ich fand mich damit ab, nicht aus Feigheit, weiß Gott nicht, sondern aus Gewohnheit, weil wir so gemacht sind, die Welt ist, wie sie ist, lauter Clans, ich weiß nicht, ich habe mich allmählich an den Gedanken gewöhnt, daß sie für ihn bestimmt war. Jedenfalls entfernte ich mich von dem Mädchen, ich hörte auf, sie bei der Arbeit anzuschauen, ich achtete nicht darauf, wenn sie mir was ausrichten ließ, ich ging nicht zu den Verabredungen. Und sie kam eines Tages zu mir, in der Fabrik, und fragte mich, was mit mir los sei, und ich, ich ...

Nur zu, Gaspar!

Ich sagte ihr, daß sie mich in Ruhe lassen sollte, daß alles aus war, *Ende, Schluß machen*, verstehst du?, Schluß, vorbei, Adieu, Mädchen. Und da ging sie hin und stach mir an Ort und Stelle ein Messer in die Brust, und ich fiel um, ich fiel ganz langsam, während ich sie voll Liebe anschaute, ohne Schmerzen zu haben, denn es traf mich genau ins Herz und nahm mir den Schmerz, den ich in so vielen Tagen der Bitterkeit angesammelt hatte. Dann brachte sie den anderen um. Mehr als zwanzig Messerstiche.

Der Pause und dem Aussehen der Gemeinde nach zu urteilen, sahen jetzt alle auf dem Bildschirm des Weinkellers den schlanken, elektrischen Arm, wie er zwanzigmal seine Wut an dem Eindringling ausließ.

Da passierte das Durcheinander, erklärte Don Xil der Echse, sie verwechselten die Leichen. Nach Arán schickten sie die des anderen. Er kam in einem sorgsam versiegelten Zinksarg. Die Deutschen sind große Profis. Aber die Leute wollten Gaspars Gesicht sehen und ihm die Totenwache halten, wie es sich gehört. Wir öffneten also den Sarg mit dem Metallschneider des Hufschmieds. Da erschien der andere.

Und was haben Sie getan? fragte die Echse beeindruckt.

Was sollten wir tun? Wir haben ihn zurückgeschickt. Sie taten das gleiche. Dabei hatte Gaspar nur einen Messerstich.

Und die Frau? fragte die Echse.

Die Frau? Was weiß ich! seufzte Gaspar melancholisch. Sie sang Lieder, diese Art Lieder, die in den Nächten das Meer ins Radio bringen.

18.

Ich kann dieses Kind nicht kriegen, sagte Rosa, ohne zu weinen. Ich kann dieses Kind nicht kriegen.

Es war die Nacht von Johannis. Die Feuer brannten als Türme aus Licht. In Flugasche zerstoben ihre Lorbeerkränze. Jetzt erloschen sie auf dem Boden verstreut wie wehmütige Glühwürmchen. Sie war nach dem Abendessen zu Misia gegangen, als die Kinder schon schliefen und Cholo und die Brüder den Abend mit Kartenspielen verlängerten und sich mit sattem Genuß an die Monte-Cristo-Zigarren und an den Kognak hielten, nachdem sie sich den Magen mit Sardinen und Röstfleisch überladen hatten, glücklich, unter ihresgleichen zu sein, sich behaglich zu fühlen, ohne Frauen oder Kinder in der Nähe.

Ich geh Misia die Kräuter bringen, hatte sie gesagt, in der Hand Immergrün, Farn, Holunder, Iris, Lorbeer, Kamille und Fenchel, die sieben Essenzen von Johannis, um das Gesicht zu parfümieren und Verwünschungen abzuwenden.

Und der Wein da? murrte der Mann, ohne den Blick vom Kartenspiel zu heben.

Auch, den bring ich ihr auch.

Ich steche mit Karo, sagte er, und seine Knöchel schlugen auf dem Tisch auf, als er die Karten hinwarf. Komm nicht zu spät. Der Kleine kann aufwachen.

Ich will kein Kind mehr, sagte sie zu Misia. Ich kann es nicht bekommen.

Ihr wurde bewußt, daß sie nicht weinte, daß die Worte von allein herauskamen, sich gleichmütig lösten im Abgrund der Lippen, während sie auf das schmerzhafte Ziehen im Bauch achtete, Knöchel, die sich in die Eingeweide graben, eine Karte, aufs Geratewohl gezogen.

Es gab eine Zeit, da habe ich ihn sehr geliebt.

Jetzt weinte sie wirklich. Wie gut es tat, diese Hand zu spüren, die so anders war als seine, eine Liebkosung von Knochen, schwach umspannt von Haut. Eine Hand jedoch, die unglaublich stark, warm, großherzig, freundlich war.

Es stimmt, daß wir uns sehr geliebt haben. Ich erinnere mich ..., ich erinnere mich, als er in die Schweiz gegangen war, kurz nach unserer Hochzeit, da habe ich manchmal ..., da habe ich mich in den alten Wagen gesetzt, den er als junger Bursche hatte, in den kleinen Seat, der verlassen im Schuppen stand, und ein Radio mitgenommen und Musik eingestellt und mir eingebildet, daß er bei mir ist. Ich habe mir eine Zigarette angezündet, so, und dann habe ich danke gesagt und ganz langsam den Rauch ausgestoßen, so, zu seinen Augen hin, wie ich es im Kino gesehen hatte. Stellen Sie sich vor, so ein Blödsinn!

Jetzt rauchten auch sie beide. Ich danke dir, Herr, für die silberne Brücke, die uns vom Weinen zum Lachen führt. Sie nahm noch einen Schluck.

Vielleicht regnete es draußen, und mir ... mir war, als würden wir auf einer glänzenden Landstraße dahinfahren und er würde eine Hand vom Steuer nehmen und mich zwischen den Beinen streicheln. Ich wurde ganz scharf. Sie werden es mir nicht glauben, aber dort, ganz allein, in dem Schuppen, in diesem alten Wagen, umgeben von Ackergerät und Heubündeln, alles voller Spinnen, mit Musik und Rauch, während ich es draußen regnen sah, da wurde ich wirklich, wirklich ganz heiß.

Ja, ich liebte ihn sehr. Ich kreuzte immer die Tage auf dem Wandkalender an. Ich weiß nicht, was passiert ist. Ich schaue zurück, und ich könnte nicht sagen, wann das alles verlorengegangen ist, wann wir anstelle zärtlicher Worte verletzende gebrauchten, wann wir anfingen, uns im Bett zu verweigern oder es wie Automaten zu machen. Ich weiß es nicht. Er kommt mir wie ein Fremder vor, einer dieser Typen, die dich abschätzig anschauen, wenn du allein bist. Wenn wir es machen, wenn er auf mir liegt, denke ich, daß es jemand ist, der kein Gesicht hat. Er könnte sterben, und ich würde ihn nicht vermissen. Gott möge mir verzeihen.

19.

Don Xil spürte im Herzen das Abendläuten. Er befand sich auf dem Dachboden und versuchte, eine Seite mit Kleinanzeigen zu verdauen, die der Wind herangeweht hatte und die ihm sehr aufgefallen war, denn inmitten von Wohnungs- und Gebrauchtwagenverkäufen fand er unerwartete Angebote der Art: blutjunge Herrin, Strafe, totale Erniedrigung, wunderschön, sinnlich. Üppige Brüste, vollkommene Füße. Ruf mich an, du wirst automatisch mein Sklave. Video. Hotel. Wohnung. Visa. Oder noch andere, sehr viel direktere, wie: Sandra. Lasterhaft. Und dann folgte eine Telefonnummer. Jetzt waren diese Frauennamen, denen eine Nummer angehängt war, um das Begehren zu wecken, mochte es auch ein bezahltes sein, voll Wehmut von der Maus der Zeit zernagt worden, vom alten jagdliebenden Pfarrer, der an eine Ritze des Dachbodens trat und die Lichter im Tal von Arán betrachtete.

Was ist das, Elite, Herr Pfarrer? fragte Matacáns, der noch immer zu lesen versuchte, indem er das gesunde Auge weit aufriß, bestürzt über die Neuigkeiten der Rubrik und den sentimentalen Brennstoff des Vollmondes ausnutzend.

Elite ist das Beste, das Erlesenste der Gesellschaft, antwortete Don Xil, ohne den Blick von der Krippe zu wenden und die Zielrichtung zu ahnen.

Elite, las Matacáns. Hoher Standard. Superkörper. Wunderschön. 30 000 Peseten. Auch Visa. Und das mit Visa, Herr Pfarrer, was zum Teufel ist das mit Visa?

Laß schon, Matacáns, halt den Mund!

Dreißigtausend Peseten für eine Nummer! fuhr der Wilderer fort. Ist das ein Leben! Und er lief flink die Treppe hinunter, während er Preise aus anderen Zeiten vor sich hin murmelte, Preise der Calle del Papaguayo in Coruña, bei Tittenschön. Aber gleich darauf erschien er wieder, in heller Aufregung, und holte den Pater aus der Meditation, in die er versunken war.

Don Xil, Don Xil! Da unten ist ein Ungläubiger!

Nerv nicht, Matacáns! Laß mich in Ruhe.

Einer von diesen Mauren, die Teppiche verkaufen, Herr Pfarrer! verkündete fröhlich der Einäugige. Und er rannte dorthin, wo er hergekommen war.

Don Xil folgte ihm zuerst träge, niedergedrückt wie er war im Gedanken an das, was gewesen war und was nicht, aber dann, schon nah dem Weinkeller, beschleunigte er die Schritte und kam gerade noch rechtzeitig, um zu hören, wie jene bräunliche Maus, elegant französelnd, den eigenen Unfall und Tod auf der Landstraße von Arán erzählte, als wäre es die Geschichte eines anderen. Und das Merkwürdigste dabei war, daß es gerade erst geschehen war, genau hier und an diesem Nachmittag. Mohammed lief an der Straßenseite, bedeckt von seiner Teppichware, als ein Auto vorbeiraste, das knapp den Straßengraben verfehlte und den Mann von hinten erfaßte.

Die fahren wie die Verrückten!

Es ist die reinste Pest!

Was mich am meisten schmerzte, sagte Mohammed zur versammelten Gemeinde, war, daß er nicht anhielt. Vor dem letzten Seufzer hatte ich noch Zeit zu hören, wie er aufs Gas trat.

Schamloser Kerl!

Rüpel!

Das gleiche ist einem Großvater von mir passiert, der gestorben ist, nachdem er in Coruña überfahren wurde, erzählte Borborás. Er sagte immer: Zwei Kriege haben mich nicht umgebracht, aber ein Auto wird es schaffen. Und so war es.

Und die Teppiche? fragte Miranda.

Die blieben dort liegen, blutbefleckt, sagte Mohammed betrübt. Sie waren mein letztes Bett. Ich hatte sehr schöne dabei, mit Pyramiden und Rhomben, wie die *shiraz* aus Persien, und auch hellere, in der hübschen Art der *kars* aus der Türkei oder der *hamadam*, die iranisch sind.

Wir hatten nur einen, neben dem Bett, sagte Miranda. Im Morgengrauen spüre ich die Füße noch, Wonnen der guten Tage. Wir haben ihn nach der Hochzeit gekauft, im Teppichpalast, in der Calle San Andrés.

Nach Coruña, sagte der Steinmetz Donalbai, kam ich nur, um als junger Bursche zum Rekrutierungsbüro und als alter Mann zur medizinischen Ambulanz zu gehen, im Stadtteil Orzán. Ich erinnere mich allerdings an die Bar Borrazas. Dort bin ich immer eingekehrt, um nach dem Arztbesuch einen Kaffee mit Schuß zu trinken.

Sie sind im Borrazas eingekehrt? sagte Mohammed fröhlich. Dort ließ man mich immer ausruhen mit den Teppichen, dort trank ich meinen Tee.

Da gab es mindestens zwanzig Käfige mit Kanarienvögeln und Stieglitzen, erinnerte sich Donalbai. Ein wahrer Frühling, wenn man aus der Ambulanz kam. Später haben sie dann einen Fernseher aufgestellt, und eines Tages haben sie die Singvögel weggebracht. Mir sagten sie, die Leute würden sich beschweren, wenn es Fußball gab.

Und Sie, sagte Don Xil plötzlich, an Mohammed gewandt, glauben Sie an Gott?

In aller Ruhe, sagte Mohammed.

20.

Cholos Geschäfte begannen gut zu gehen, er arbeitete jetzt auf eigene Rechnung. Außerdem hatte er eine glückliche Hand mit dem Kauf eines Hofes, den er danach zu einem besseren Preis wieder verkaufte, und stellte sich so geschickt an bei diesem Hin und Her, daß er sich schließlich im Besitz von Geld sah, wie er es sich nie ausgerechnet hatte. Er dachte schon daran, sich mit seinen Brüdern zusammenzutun; es waren gute Zeiten, um zu bauen und zu verkaufen. Es gab noch einen Umstand, der sein Leben zu ändern versprach. Bernardo, ein Bewohner von Arán, aus der Familie, die alle den Spitznamen Meco trugen, wurde in Néboa in den Gemeinderat gewählt. Die Familien waren stets leidlich miteinander ausgekommen, und diese Wahl ließ Cholo zunächst gleichgültig. Er besaß keine Vorstellung von der Politik; das Wort gebrauchte er jedenfalls mit Verachtung. So hatte er es immer aussprechen gehört. Franco hat Ordnung gemacht, hat einem unregierbaren Land Vernunft beigebracht. Auch das hatte er immer gehört. Eines Tages, als er in der Schweiz war, hatte ein Arbeitskollege, Galicier wie er, ein gewisser Iglesias, ihm vom Kampf für die Amnestie für die Leute erzählt, die in Spanien im Gefängnis saßen.

Amnestie? Was zum Teufel ist Amnestie?

Freiheit, sagte der andere.

Freiheit? Die sollen mich am Arsch lecken, sie hätten sich eben keine Scherereien an den Hals holen sollen! Ich bin hier, um zu arbeiten, kapierst du?, um zu arbeiten. Geben die mir vielleicht zu essen?

Der andere hatte ihn angeschaut, ohne etwas zu sagen. Er hatte diese barsche Antwort nicht erwartet.

Der kann mich auch mal, ein Hungerleider wie ich,

brummte Cholo, während er die Schaufel in den Sandhaufen stieß, als der Kollege sich entfernte.

Die Wahl des Meco veranlaßte ihn jedenfalls zu einem spöttischen Kommentar über die gerade eingeführte Demokratie. Wenn der Gemeinderatsmitglied ist, dann könnte auch ich es sein. Hahaha. Sie hatten für niemanden gestimmt. Rosa fiel es nicht im Traum ein, und er nutzte den Feiertag, um etwas als Mittelsperson zu erledigen. Aber Monate später begann Cholo von Bernardo zu reden, ohne ihn beim Spitznamen zu nennen, und in einem Ton, als würde er sich auf einen Freund beziehen. Eines Tages verabredeten sie sich zum Essen in einem Grillrestaurant an der Straße nach Néboa. Ein andermal fuhren sie gemeinsam nach Coruña. Und obwohl er ihr gegenüber wortkarg geworden war, erschien Rosa all dies gut und richtig. Die Geschäfte, die Beziehung zu dem Gemeinderatsmitglied, die Möglichkeit einer neuen Position weckten bei ihr die Hoffnung, auch ihr intimes Leben werde besser werden. Sie erwartete ein weiteres Kind, als der Kleinste sich noch nicht allein auf den Beinen halten konnte. Sie fühlte sich erschöpft. Es kostete sie Mühe, vor dem Spiegel zu lächeln.

Eines Morgens, als sie das Schlafzimmer aufräumte, zog Rosa die Schublade des Schranks heraus, in der Cholo seine Papiere aufbewahrte. Dort waren die Kaufurkunden der Höfe und in einem Winkel, zusammen mit dem Familienbuch und dem Ausweis der Sozialversicherung, die Sparbücher. Sie legte zärtlich die beiden roteingebundenen der großen Kinder Anabel und José Luis beiseite, die sie mit den Geldgeschenken der Erstkommunion eröffnet hatten, als wären es zwei dünne Platten aus Gold. Dann schaute sie in das Sparbuch des Ehepaars, das blaueingebundene, und überflog die Zahlen, ein ganz schöner Batzen, wenn Mama das sehen könnte! Und sie wollte sich schon abwenden, als sie auf den Gedanken kam, die Gummibänder der großen Mappe abzustreifen, die Cholo noch aus der Zeit in der Schweiz besaß. Es gab Dinge, Lohnzettel und so, die sie nicht verstand, aber mitten drin auch einige der Briefe, die sie ihm aus Arán geschickt hatte. Einer davon mit dem Lippenstift-Abdruck ihrer Lippen und den Abschiedsworten: Ganz die Deine. Sie legte ihn mit einem Seufzer zu dem Papierhaufen zurück, und in diesem Augenblick entdeckte sie ein weiteres, ein violettes Sparbuch, mit der Aufschrift einer Bank, die nicht die ihre war. Sie holte das Sparbuch aus der Plastikhülle und schlug es in der Mitte auf. Das war ein Tanz von Zahlen, der ihr den Blick vernebelte. Sie ging an den Anfang zurück, rasch die Seiten mit den Fingern umblätternd. Wem mochte es gehören? Vielleicht ein verlorenes Schriftstück, das Cholo irgendwo gefunden hatte.

Simón.

Etwas Seltsames, ein furchtsames Lachen galoppierte durch die Brust.

Simón Paz Oliveira.

Sie konnte nicht glauben, was sie sah.

Im Innern des Sparbuchs war ein Blatt eingeheftet, das sie ungläubig las. Es war eine Vollmacht für dieses Konto, die Simón, der Inhaber, erteilt hatte, ein Kreuz als Unterschrift und zugunsten von José Manuel Carballo und Bernardo Suárez.

Abends fand Cholo das Sparbuch neben dem Abendessen vor. Er sagte nichts. Ohne aufzustehen, verwahrte er es in der hinteren Hosentasche. Rosa raste vor Wut, und das merkte man am Spülen, ein frenetisches Geklapper von Töpfen im Waschbecken.

Kannst du vielleicht damit aufhören? rief er, ohne sich umzudrehen.

Wie kannst du nur so gemein sein! sagte sie, als spräche

sie zu sich selbst, und die Worte hüpften zwischen dem nervösen Geklirr des Porzellans. Sie wollte nicht, daß er sie weinen sah.

Dieses Geld gehört sowieso uns! Verstehst du, du dumme Gans? Es gehört uns! Oder glaubst du, ich hatte nicht vor, es dir zu sagen?

Gurgelndes Wasser.

Ich hatte vor, es dir zu sagen, Mensch, hätte ich es denn sonst dort aufbewahrt? Meinst du etwa, ich wollte das Geld für mich behalten?

Wasser, das den Schmutz fortschwemmt.

Was soll ihm das schon ausmachen, Mensch. Er ist ein Depp. Er würde sonst was für uns tun. Besser, er erfährt es nie.

Wasser, das durch den Abfluß fließt.

Du wirst schon sehen, mein Schatz, du wirst schon sehen. Wir sind für immer aus dem Scheißelend raus. Das ist kein Diebstahl. Man macht das überall so, jeder, der könnte, würde es so machen. Irgendwann werde ich dir alles kaufen, was du haben willst. Willst du einen Ring? Du wolltest doch immer einen Ring mit Steinen. Willst du ihn?

Wasser, das entschwindet.

Wir werden von hier fortgehen. Wir werden wie Herrschaften leben.

21.

Ich glaube, daß Gott, sagte die Echse, ein interessantes Wort ist. Wer mag es erfunden haben? Ein Tischler, der sich mit dem Hammer auf den Finger gehauen hat, oder ein Bauer, der dankbar ist über den Regen nach einer langen Dürre? War zuerst das Gebet oder der Fluch da?

Und die Echse dachte bei diesen Worten, daß der Pfarrer wie von der Tarantel gestochen auffahren würde, aber dieser verharrte nachdenklich und schaute nirgendwo hin, als würde er in der Tat ein Wort in der Luft suchen.

Gott, China, Orange ... Wie entstehen die Wörter? Wer war es, der das Meer *mar* nannte? Dieses Wort entstand aus der Überraschung, da bin ich sicher. Es gibt Wörter, die aus Angst entstanden sind, und andere, die den Stempel der Zuneigung tragen. Aber ein Wort wie *mar* entstand aus der Überraschung, eine Unermeßlichkeit aus drei Buchstaben. Auch im Deutschen ist es so, *See*, und im Englischen *sea*. Wenn die See zum Beispiel Marathon, Marabu oder Marionette hieße, dann wäre sie nicht mehr so groß. Und so ist auch die *Sekunde* länger als die *Minute*, und diese braucht länger, um gesagt zu werden, als eine *Stunde*, und die hat drei Buchstaben mehr als der *Tag*. Was mag das Gefühl des ersten Menschen gewesen sein, der Gott *Gott* nannte? War es ein König, der auf einen hohen Turm gestiegen war, oder ein Alter, der einen Esel führte? War er traurig oder fröhlich? Hatte er Angst oder Zuversicht? Wollte Gott *Gott* heißen? War er es, der dem Menschen seinen Namen ins Ohr flüsterte? Ein interessantes Wort, jawohl. Sie sind unzählbar, die Kriege und Toten im Namen des barmherzigen Gottes.

Die letzten Worte hatte die Echse gesagt, um zu sehen, ob Don Xil endlich in Rage geriet und ein bißchen Kontra gab. Aber statt zu wettern, nickte der Pfarrer, das grüne Gefunkel der Katze vor Augen.

Ich habe einige dieser Urteilssprüche unterschrieben.

Das glaube ich nicht, sagte die Echse beeindruckt.

Doch, mein Freund. Ich habe einen Bruderkrieg gesegnet, ich habe gegen die Verfolgten gehetzt, ich habe das Feuer geschürt, wo ich konnte.

Was macht das jetzt schon? meldete sich Matacáns zu Wort, der aufgehört hatte, an einer Sportseite zu nagen, als er eine ungewohnte Niedergeschlagenheit in den Worten des Pfarrers gewahrte. Es ist schon Gras darüber gewachsen!

Wenigstens bereuen Sie es, sagte die Echse.

Bereuen? Das ist was für Kinder!

Die Stimme des Pfarrers klang rauh, bronchitisch. Keine andere Seele war zu vernehmen.

Es gibt nur eine Lösung, und ich weiß genau, welche. Man muß den ganzen Preis bezahlen.

Achten Sie nicht auf meine vorigen Worte, bat Marcial Requián, verwirrt angesichts des dramatischen Tons, den das Gespräch angenommen hatte. Gespinste eines verhinderten Dichters. Zwischen Verbrechen und Verbrechen hab ich immer Gefallen an der Dichtung gefunden. Das war mein Teil Religion. Es gibt Gebete, die schöne Gedichte sind, und die wahren Gedichte, diejenigen, die man sich aus dem eigenen Fleisch geschnitten hat, sind nichts anderes als Bitten, menschliche Gebete.

Da gebe ich Ihnen recht, sagte Mohammed, der Teppichverkäufer. Viele Gedichte hab ich auf den Wegen gebetet!

Sind Sie Dichter? fragte die Echse angenehm überrascht. Schreiben Sie?

Ich rede beim Gehen allein vor mich hin.

Warum tragen Sie uns nicht etwas vor?

Das sind so Sachen von unterwegs. Ich vergesse sie.

Ach, kommen Sie, ein Stück!, beharrte die ganze Gemeinde.

Na schön, es geht so:

Nach Urika, nach Urika,
nach Urika immerfort,
nach Urika, nach Urika,
und an keinen andren Ort.

Schön, sagte die Echse.

Das ist mir eben eingefallen.

Urika. Heißt so Ihr Heimatland?

Jawohl. Das Tal der sieben Wasserfälle! sagte der Berber, während er wehmütig die Augen schloß.

Wasserfälle? staunte Matacáns. Ich habe immer geglaubt, daß dort alles Wüste ist.

22.

Und sie betrauten Simón mit der Aufgabe, die von der Säge zugeschnittenen Hölzer aufzuschichten, denn sie sahen, wie liebevoll er sich der Kunst des Stapelns widmete, was eine wichtige und mühselige Arbeit ist, die viel Geschick erfordert, denn die Stapel müssen so leicht wie stabil sein, turmförmig, die Bretter in perfektem Quadrat angeordnet, immer zwei auf einmal, damit die Luft wie in einem Kornhaus zirkulieren kann und sie schwitzen und trocknen. Von morgens bis abends beschäftigte er sich mit dieser Aufgabe, unterbrochen nur von der Mittagspause, und wenn es kein zugeschnittenes Holz gab, trug er die groben Späne und die Rinde der Pinien zu Haufen zusammen oder bildete Häufchen aus Sägemehl in einer geheimnisvollen natürlichen Gebirgsordnung, und die anderen Arbeiter trieben ihre Scherze mit ihm, nur damit er sich eine Atempause gönnte, im Grunde stolz auf diesen fleißigen Stummen, der die chaotische Landschaft des Sägewerks verwandelte, als sollte eine Frau sie betreten. Ehe sie sich's versahen, bildeten die Türme schon eine symmetrische burgähnliche Anlage, bei der eine Einfriedung nicht fehlte, damit Albar frei herumlaufen konnte ohne den Schrecken der Maschinen und des Lastwagens. An den vier Ecken erhob sich jeweils ein Turm, an dessen oberem Ende farbige Stoffetzen wie Fahnen befestigt waren, und bei dem Festungsturm, den er alles überragend in der Mitte errichtete, schmückte er die Spitze mit einem Lorbeerzweig, was von der Soldateska des Sägewerks dankbar aufgenommen wurde, denn es ist ein verbreiteter Glaube im Land, daß er vor ungünstiger Witterung und vor dem Bösen schützt. Und die wohltuende Gegenwart des Stummen wirkte sich in allem aus, selbst im Sprechen, das bei allen ruhiger und ernsthafter wurde.

Gut reden kostet keinen Deut! Wenn bloß das Scheißwetter nicht wäre!

Was mich ankotzt, sind die Gotteslästerungen. Ich scheiß auf den ganzen Messefirlefanz!

Sieh dir unseren Stummen an. Immer froh. Wie ein großes Kind.

Recht hat er. Uns allen haben sie die Kindheit gestohlen.

Mann, so schlimm war es nun wieder auch nicht!

Mir haben meine Eltern als Kind eine Weidenrute gegeben, als ich das erste Mal zur Schule ging. Wozu ist das, habe ich gefragt. Für den Lehrer, haben sie gesagt. Damit er dir was überzieht.

Das kommt von der Unwissenheit. Von der Armut.

Mir soll man nichts von schlechten Zeiten erzählen!

Die Leute sind so, wie man sie gemacht hat.

Die Leute sind so, wie sie sein wollen.

Du hast völlig recht.

Du hast auch nicht unrecht.

Und was war mit dem Lehrer? Hat er dich viel geschlagen?

Ich bin an dem ersten Tag hingegangen und dann nie wieder. Wir waren zu viele Mäuler, sie haben mich zu meinen Großeltern geschickt, Kühe hüten. Schwarzbrotzeiten! Ich kann heute noch nicht lesen. Na ja, Musik kann ich lesen.

Musik?

Ja, einer meiner Onkel kannte sich mit Musik aus. Er spielte im Orchester von Néboa, *La Caracola*. Während des Krieges war er mit ganz komischen Gedanken ins Elternhaus zurückgekehrt. Man erzählte sich hinter vorgehaltener Hand, sein Nervensystem sei ihm zu Kopf gestiegen. Damit wollte man sagen, daß er verrückt war, aber ich habe ihm nie etwas angemerkt. Er bewahrte wie ein heiliges Buch die Notenlehre von Don Hilarión Eslava auf. Am Sonntagmorgen, wenn die anderen zur Messe gingen, setzten wir uns auf einen Baumstamm auf dem Vorplatz. Mit einem Stöckchen ritzte er die fünf Linien in den Boden, so, und dann lehrte er mich die Noten und die Zeit mit dem Takt der Hand zu messen.

Der Arbeiter nahm einen Span und zeichnete eine kleine Notenschrift in die Erde. Der andere schaute sie an, als wären es magische Worte.

Kannst du dieses Gekritzel lesen?

Es ist das einzige, was ich lesen kann, sagte der Arbeiter.

Er summte und begann ein Lied. Er bewegte seine vom Harz geschwärzte Hand wie einen Taktstock. Könnt ich doch eines Tages zu den Sternen fliehiehiegen.

23.

Ich gehe, sagte am Morgen von Sankt Peter die Eidechse.

Der Sommer drang strahlend durch alle Mauerritzen. Die Welt erwachte aus der Erstarrung. Doppelt schnell schlagen die Herzen. Die Spirale der Zeit überzieht die matte Haut mit neuem Glanz. Zigeunerseelen schlüpften anmutig flatternd aus dem Köcher der Schmetterlingspuppen.

Wenn Sie durch Betanzos kommen, sagte Don Xil betrübt, unterlassen Sie es nicht, Santa María zu besuchen. Es ist eine bemerkenswerte Kirche. Dort befindet sich, auf Bär und Wildschwein ruhend, das Grab des einzigen Feudalherrn, den man den Guten nannte. Sein Schlachtruf war: Backt Brot, Bäckerinnen!

Ich werde hingehen. Ich bin ein Mensch der Steine, sagte die Echse.

Und vergessen Sie nicht den bemalten Ballon von Betanzos! bemerkte seinerseits Matacáns. Jedes Jahr sagt eine Menschenmenge der darauf festgehaltenen Weltgeschichte festlich Lebewohl. Es ist schön, das ganze Dorf wie ein einziges Kind zu sehen.

Und wann ist das?

Am 16. August, um Mitternacht. Und wenn Sie Ihren Aufenthalt verlängern, lassen Sie sich nicht den neuen Wein entgehen. Sie schenken ihn in Kellereien mit Lorbeer am Eingang aus.

Ich werde auf Ihr Wohl trinken!

Traurig sahen sie sie vondannen ziehen. Bevor sie sich durch das Kellerfenster in die Sonne schwang, wandte sich die Eidechse noch einmal um und sagte zum Abschied: Don Xil, Mohammed, beten Sie für mich, jeder auf seine Weise, Sie können sich nicht vorstellen, wie sehr ich gläubige Menschen beneide!

Er war witzig, dieser Sünder, sagte der Wilderer, als er nicht mehr zu sehen war.

Wären wir doch mit ihm gegangen, Matacáns!

Quälen Sie sich nicht, Herr Pfarrer. Und er fügte mit spitzbübischem Lächeln hinzu: Es kommen bessere Tage!

Der Wilderer, der nie seine Zeit vertat, war schon eine ganze Weile einem Wiedehopf auf der Spur, und jetzt endlich hatte er entdeckt, wo er nistete.

Und wie viele Eier können da sein? fragte der Pfarrer Matacáns.

Na ja, ich weiß nicht, aber sie werden eine gute Tortilla abgeben.

Der Wilderer voraus und Don Xil mühevoll hinterher, erstiegen sie die höchste Mauer des zerfallenen Teils des Stammhauses von Arán. Aber es war nicht einfach, zum Nest zu gelangen, nicht einmal für zwei Kletterseelen wie sie. Die Mauer war wie ein dichter senkrecht ragender Wald aus Efeu, Dornengestrüpp, Geißblatt. Sogar der Stechginster hatte oben auf der Mauer Wurzeln geschlagen. Es war leichter, sich seinen Weg durch die Vegetation zu bahnen und den Dornen auszuweichen, die lang und spitz waren wie Dutzende von Dolchen, als die nackten Steine hinaufzuklettern.

Ich gebe auf, Matacáns!

Nur Mut, Don Xil, es fehlt nicht mehr viel!

Mir wird schwindlig!

Pssst!

Jetzt, sagte Matacáns, während er auf einem Vorsprung innehielt, der als Belvedere diente, jetzt muß man warten, daß das Weibchen rauskommt. Sie tut es fast immer zu dieser Stunde. Aber man muß sachte zu Werke gehen und gleichzeitig sehr flink, Sie verstehen schon, denn das

Männchen paßt zwischen den Zweigen auf, und das Weibchen kommt rasch wieder zurück.

Und Don Xil sah kurz darauf, wie aus dem dicht bewachsenen, zerfallenen Winkel des Stammhauses das Wiedehopfweibchen herausflog mit ihrem schwarzspitzigen Federbusch auf dem Helm, der einem so prächtigen, stolzen Vogel gebührte. Es war der Moment. Don Xil lief so gut er konnte hinter dem Wilderer hinterher, wobei er sich möglichst den Pfad zunutze machte, den dieser stürmisch bahnte. Bis er sah, wie er schließlich vor dem grob zusammengebauten, mit Exkrementen verpichten Nest Halt machte und ohne Bedenken hineinsprang.

Matacáns, Matacáns! rief Don Xil zwischen den Zähnen und von draußen, mühsam das Würgen unterdrückend. Das stinkt wie die Pest!

Machen Sie es wie ich, wisperte von drinnen der Wilderer, halten Sie sich die Nase zu und essen Sie. Es gibt zwei pro Kopf!

Don Xil überwand seinen Widerwillen, so überwunden hatte er sich noch nie, und warf sich schließlich in das mistige Geflecht. Matacáns hatte bereits eines der Eier verschlungen und näherte sein Maul dem zweiten. Sie waren von aschweißer Farbe, hübsch und glänzend.

Sie sind genau richtig, sagte der Wilderer, sich die Lippen leckend. Noch nicht bebrütet. Kommen Sie, Herr Pfarrer, zieren Sie sich nicht, wenn die Mutter kommt, kastriert sie uns!

Nachdem sie wie in alten Zeiten zu Mittag gegessen hatten, wenn auch eingehüllt in einen ekelhaften Gestank, suchten sich die beiden Gefährten auf der Wiese einen Flecken mit gutem Gras, um ihren Mittagsschlaf in Wohlgeruch zu halten.

Diese Schlampe! rief Matacáns aus. Warum tut sie das wohl? Warum füllt sie die Wiege der Kinder mit Scheiße?

Wegen uns, wegen der Mäuse, sagte der Pfarrer.

Sie haben recht, begriff Matacáns. Kein anderes Tier saut sich wegen ein paar Eiern derart ein.

Wir ja. Darin sind wir menschlich, philosophierte Don Xil.

24.

Auf die Theke gestützt, lasen die Männer melancholisch die Zukunft, eine welke Rose, im Bodensatz des Rotweins in der Trinkschale. Zu dieser Stunde herrschte tiefes Schweigen in der Kneipe von Arán, A'Santa Sede. Im vormittäglichen Fernsehen sang ein Tenor Oper, und seine mächtige Arie schien die gewöhnlich lebhaften Gäste des Lokals eingeschüchtert zu haben. Plötzlich drehte Bento Lobeira, der in der Forstverwaltung arbeitete und in diesen Tagen einen Arm in der Schlinge trug, sich um und schaute den auf dem Bildschirm herausfordernd an.

Halt's Maul, du Blödmann! rief er Pavarotti zu.

Und das war wie ein befreiendes Zeichen. Mato, der Wirt, lief den Altar entlang und füllte erneut die Kelche.

Es lebe der Ribero-Wein, der Wirt, der kriegt's von hinten rein!

Amen, sagte Mato.

Und Spiderman, der in New York auf dem Bau gearbeitet hat, erklärte, er habe nie einen Arbeitsunfall gehabt, bis ihm diese verdammte Säge den Finger abschnitt.

In welcher Höhe hast du gearbeitet? fragte Bento.

Mindestens, mindestens ... dreihundert Meter.

Drei was? Erzähl keinen Scheiß!

Ja doch, Mensch. Das Empire State ist 381 Meter hoch. So etwa in dieser Höhe waren wir. Oder glaubst du, das ist ein Witz? Du schaust nach unten, und das ist, als würdest du einen Ameisenhaufen sehen, Pünktchen, sowas wie Tausende von Mützen rund um die Autos. Wir sind viele Leute in der Welt. Verdammt, und ob ich da rauf bin! Mehr als dreihundert Meter! Dort, in dieser Höhe, da waren nur Indianer und wir Galicier. Ich hatte als Kollegen welche aus Carnota, und wir haben Brötchen mit Paprikawurst gegessen, da oben, über New York.

Paprikawurst?

Ja, Paprikawurst. Die wurde eingeschmuggelt. Bei einem aus Xuros fanden sie einen Schinken und zwanzig Paprikawürste im Koffer. Da sie ihn nicht damit durchließen, ging er hin und machte sich daran, alles auf der Stelle aufzuessen, im Zoll.

Einen Schinken und zwanzig Paprikawürste?

Einen Schinken und zwanzig Paprikawürste! Er sagte zu dem Polizisten: Du wirst den Teufel tun und sie dir reinspachteln! Mir hat er es so erzählt: Ich bin fast gestorben, aber gegessen hab ich sie.

Stimmt das, was du da gesagt hast? fragte Bento. Man sah ihm an, daß etwas ihn tief beschäftigte.

Was?

Daß da oben nur Indianer und Galicier sind.

Galicier von der Costa da Morte und Navajo-Indianer, aus einem Ort, den sie Gallup nannten. Jawohl – warum fragst du?

Nö, wegen nix, antwortete Bento sehr nachdenklich.

Hör mal, Spiderman, sagte Mato hinter dem Tresen. Erzähl ihnen die Geschichte von dem aus Carnota, der...

Ach ja! Na, da ist auch die mit dem Schleifer aus Nogueira de Ramuín, der nach New York kam und dort auf der Fifth Avenue einen Landsmann trifft, der ihn verwundert fragt: Ja sag mal, wie bist du denn hierher gekommen bei den vielen Papieren, die dafür nötig sind? Wie ich hergekommen bin? antwortete der, na, ganz einfach: immer dem Schleifstein nach, hahaha! Aber was Mato meint, ist mir passiert, ich meine, es war eine Sache mit einem, den ich kannte, der aus Carnota war, es war nämlich so, daß der sich mit den ersten Ersparnissen ein Gebiß kaufen ging, seins war nämlich völlig hinüber, die Zähne verfault, na ja, eine Katastrophe. Und seine ganze Hoffnung war es eben, ein neues Gebiß zu bekommen.

Und er kaufte sich ein künstliches, das war tadellos. Der Mann war glücklich. Schau mal, von einem Künstler, hat er immer gesagt und tat den Mund auf und zeigte die funkelnagelneuen Zähne. Aber einmal, in einer Kneipe in Brooklyn, legte ein Typ sich mit uns an. Er war halb blau, hörte einen seltsamen Akzent, und das juckte ihn. Der Typ hatte es vor allem mit Carrizo, dem mit dem neuen Gebiß, der groß war wie ein Ochse. Der, mit Engelsgeduld, hat sich beherrscht und beherrscht. Und dann geht einer von uns hin und sagt zu ihm: Carrizo, der da hat gerade gesagt, er will dir die Zähne einschlagen. Da geht Carrizo hin, schaut den Affen von oben bis unten an, nimmt sich ganz langsam und feierlich das Gebiß raus und legt es behutsam auf einen Bierdeckel. Dem anderen fielen die Augen aus dem Kopf.

Waß ßum Teufel fillßt du? sagte Carrizo zu ihm.

Und gleichzeitig versetzte er ihm einen Haken, der ihn zu Boden streckte.

Waß ßum Teufel fillßt du? wiederholte Spiderman jetzt. Allen liefen Tränen aus den Augen vor lauter Lachen.

Im Fernsehen waren auf einmal die Bilder einer Hündin zu sehen, die einen Wurf Welpen säugte, und die Gäste versanken abermals im Bildschirm.

25.

Und der Kobold des Herbstes trieb sich auf den Viehtriften herum, schlug Purzelbäume auf den Wegen, rannte laut rufend durch die Engpässe, fuchtelte in den Obstgärten herum, ließ die Türen schlagen, pfiff in den Fenstern und zerrte an den Bannern der Wäscheleine, die in den grünen Feldern von Arán wehten, als Rosa bemerkte, daß diese letzte Anstrengung, die Wäsche gegen den Wind auf die Leine zu hängen, ein verwegener, zu heftiger Kampf gewesen war. Eine laue Feuchtigkeit lief ihr die Oberschenkel hinunter.

Ich sah, wie sie den Trog abstellte, sagte Toimil zum König von Galicien, und wie sie dann mit schmerzverzerrtem Gesicht die Hände auf den Bauch legte. Der Sturm, der aus Südosten kam, bauschte die Schürze und die Röcke, und bei jedem Windstoß flatterte das Haar wie bei einer verwundeten Amazone.

Rosa blickte angstvoll um sich und sah kein lebendiges Wesen außer diesem Teufel von Raben, der ewig auf dem Rauchabzug Ausschau hielt. Sie fühlte sich so allein, daß sie dieses Mal fast dankbar war für die häßliche Erscheinung. Ein Haken zog an ihrem Bauch vom Mittelpunkt der Erde her, die Gräser wurden hart wie Netze im Vorübergehen, während der Wind ihr heftig zusetzte, um sie zu Fall zu bringen. Und sie wäre gern hingefallen, das Gesicht in der Kühle des Bodens, hätte es nicht diesen Unglücksvogel gegeben, der sie daran erinnerte, wie nah das eigene Haus war, das Bett mit der Bettdecke voller in falschem Gold gestickter Paradiesvögel, das Hochzeitsphoto und die Bilder von der Erstkommunion der Kinder auf dem Nachttisch und jenes andere, das von der Mutter, das an der Wand hing, ein Porträt der alten Art mit einem Lichthof, von Dunkel umgeben, dem Blick des Teufels standhaltend, der in der Kamera lauert, das Haar zu einem Knoten geschlungen, die Wangenknochen hervorstechend, ein schmerzvolles Lächeln um die zusammengepreßten Zähne, die Hände Halt suchend, *mamaiña*, Mutter des Himmels, preß doch, preß, die Lampe so hoch, so niedrig, bedrohlich, die Kinder gehören nur den Müttern, wenn doch das Licht ausginge, mit zusammengepreßten Zähnen, schreiend.

Es stimmt, daß die Kinder den Müttern gehören, sagte Toimil nachdenklich.

War es hart?

Das war es, Herr. Ich war kurz davor, mich zu den Gipfeln abzusetzen, verschreckt wie ich war. Kamine sind bekanntlich wie ein Trichter, der den Klang der Welt ansaugt, aber sie können auch ein Schallverstärker des Schmerzes sein.

Das mit der Geburt zu Hause, fuhr Toimil fort, war, weil sie das Bett nicht verlassen wollte. Sie kam ganz langsam, mit schleppenden Schritten ins Schlafzimmer und sagte den Kindern, sie sollten Hilfe holen, und die kamen mit Spiderman und noch zweien oder dreien zurück, die in der Kneipe waren. Sie wollten sie ins Auto setzen und nach Coruña fahren, aber sie sagte, das Kind komme schon, es sei keine Zeit, sie würde lieber sterben als aus dem Bett geholt werden. Und dann nahm Spiderman das Auto und fuhr wie der Blitz nach Néboa, um den Arzt zu holen.

Als der Vater kam, abends, hatte das Mädchen schon einen Namen.

26.

Und eines Tages ging Rosa zu Misia, verwundert, weil die sie nach der Geburt nicht besucht hatte, und traf eine andere Frau an. Von Falten gezeichnet, kraftlos, Trauer tragend. Es war, als habe das Alter plötzlich seinen Einzug gehalten wie der Wind durch das Schlüsselloch von Arán oder unter der Tür hindurch, welkes Laub vor sich her treibend. Was ihr am meisten Angst machte, war genau die Angst, die sich im Blick der Señora staute. Ein Bettler, der lahm der grünen Sehnsucht hinterherpilgerte. Ihr Sprechen, wortkarg, freundlich, aber distanziert, als habe Rosas Besuch ein Gespräch mit anderen Gästen unterbrochen. Sie versuchte, das Unangenehme des ersten Eindrucks zu verbergen, damit die Señora sich nicht verletzt fühlte, denn sie wußte wohl, welchen Schaden die Augen der anderen anrichten können, genauso wie die Worte. Und aus demselben Grund sagte sie erst einmal nichts, was Befremden über den Zustand des Hauses verraten hätte, das endgültig seinem Verfall überlassen worden war, und schon gar nichts über ihr Aussehen, das wahrhaft erschütternd war jetzt, da sie sie aus der Nähe sah, abgemagert, grauhaarig und, warum es nicht denken, schon eine Zeitlang ungewaschen. Und erst nachdem sie ihr die Kleine gezeigt hatte, das zusammengerollte Kätzchen im Plüsch der Decke, nach dem Erzählen von der Geburt, von ihrer festen Entscheidung, nie wieder, erst nach all dem, fragte sie: Wie geht es Ihnen, Misia?

Bevor ich es vergesse, sagte sie als Antwort, ich habe etwas für dich, Rosa.

Und beim Aufstehen und als sie sah, wie sie langsam die Treppe hinaufstieg, löchrige Hausschuhe, Socken und Strümpfe aus Wolle, karierte Schürze über dem schwarzen Rock, kam sie ihr wirklich wie eine alte Frau des Landes vor, eine dieser Großmütter, die im Hof der Zeit Erbsen enthülsen. Als sie wiederkam, sah man ihr an, daß sie sich gekämmt und ein wenig Farbe auf die Wangen gelegt und aus dem Oberstock auch Kraft und ein Lächeln mitgebracht hatte.

Für dich. Sag nichts, denn es ist schon beschlossen.

Es war ein kleines Kästchen aus Alpacca.

Aber, Señora!

Für dich.

Und ohne weiter auf sie zu achten, schlug sie sanft die Decke zurück, um das Mädchen aufzudecken und mit ihren Fingerkuppen über die kleinen Finger zu streichen, die fein wie Korbweide waren.

Laß sie mich einen Augenblick halten. Bestimmt hast du ihr einen Filmnamen gegeben, oder nicht?

Na ja. Ihr hab ich meinen gegeben.

Sad rose, proud rose, red rose ... Hoffentlich gibt es immer eine Rosa in Arán.

Aber, Misia! rief Rosa aus, als sie das Innere des Kästchens entdeckte. Das ist ja Ihr Schmuck! Tun Sie das weg, Señora. Das kann ich doch nicht mitnehmen!

Wenn du ihn nicht nimmst, sagte Misia mit sehr ernster Stimme, werfe ich ihn ins Meer.

Aber ...

Ich lüge nicht. Wenn du ihn nicht willst, werf ich ihn die Steilküste hinunter, und basta. Ich will nicht, daß irgendein Idiot der Familie ihn an sich reißt. Ich will nicht, daß er Gesichter schmückt, die ich nicht kenne. Er ist für dich. Er gehört dir.

Sie begann, das Mädchen zu wiegen, eeea, eea, ea, a, während sie ganz langsam im Wohnzimmer im Kreis ging, mit einem Ausdruck von Glück im Gesicht. Rosa sah, wie der Bettler in Misias Augen sich einen Augenblick entfernte und, auf der Marmortreppe sitzend, die Krücken gegen die Stufen gelehnt, seine Wunden pflegte. Und sie sah auch zwei Mäuse, die zur Küche liefen, dicht an der Wegführung der Fußleiste. All das versetzte sie in Verwirrung. Das Kästchen mit den Schmucksachen in den Händen. Misia, als dörfliche Großmutter gekleidet, mit der Kleinen in den Armen, das welke Herbstlaub, das über die Teppiche wehte, die Mäuse, die sich im hellen Tageslicht blicken ließen. Draußen das Lied des Windes, das anhaltende, wilde und traurige Heulen, das aus den Bergengen der Peñas Cantoras herunterkam.

Señora, sagte sie plötzlich, wobei sie versuchte, nach außen hin ruhig zu erscheinen, warum gehen Sie nicht nach Coruña? Die Kälte kommt. Wie gut wären Sie jetzt in Ihrer Wohnung in Coruña aufgehoben!

Coruña? Ach, Coruña.

Sie wiegte abermals das Mädchen, mit einem schmerzlichen Lächeln. Sie wollte sagen: Alles, was ich geliebt habe, ist tot. Doch nein, wann hätte Misia sich je beklagt? Und sie drehte sich um und lachte wieder.

Weißt du, was mir das letzte Mal passiert ist, als ich in der Wohnung an der Marina war? Ein paar Freundinnen kamen mich besuchen, die Ärmsten, alle noch närrischer als ich. Ich hatte sie zu Tee und Kuchen eingeladen. Und als wir eine ganze Weile geplaudert hatten, da stand ich plötzlich hastig auf, und sagte, es sei sehr spät für mich geworden, ich müsse nach Hause gehen. Ich gab ihnen einen Kuß, ohne ihnen überhaupt Zeit für eine Antwort zu lassen, und ging schnurstracks hinaus, wobei ich noch sagte, ich würde nicht länger stören. In meiner eigenen Wohnung!

Rosa hörte amüsiert zu. Und was passierte?

Im Treppenhaus kam ich zu mir, kaum daß ich das Holz des Geländers berührt hatte. Ich sagte mir: Aber wohin gehst du denn, du Spinnerin! Verrückt, du bist ja verrückt!

Und ich kehrte um. Alle dachten, bloß ein exzentrischer Scherz von Misia. Doch nein. Die Wahrheit ist, daß ich mich nicht an die Stadt gewöhnen kann. So Eigenheiten von mir, Mädchen. Ich will allein sein, die Schafe hüten, spüren, wie die Füße im Schlamm der Wege versinken, den Regen und den Wind hören, fühlen, wie das Bett nach und nach durch deinen alten Körper warm wird. Manien eines Fräuleins aus gutem Hause!

Ich werde saubermachen müssen!

Tu das ja nicht!

Wenn Sie irgendwas benötigen, schicke ich Ihnen die Kinder.

Nein, die Kinder nicht, sagte sie mit einem traurigen Lächeln, das wieder das des Bettlers war, der in ihren Augen umging.

Und als Rosa fortging und fürchtete, den Blick zurückzuwenden, während sie eine Ahnung abwehrte, die in ihr aufstieg, hörte sie, wie Misia sie mit einer Stimme rief, als wolle sie sie an etwas Wichtiges erinnern.

He, Mädchen. Mädchen!

Ja, Señora.

Du bist sehr hübsch! Weißt du? Du bist sehr hübsch!

An diesem Abend, nach langer Zeit, denn sonst kämmte sie es nur eilig beim Aufwachen und band es zu einem Pferdeschwanz zusammen, an diesem Abend striegelte Rosa sich das Haar mit der liebevollen Hingabe, die sie immer dem der Tochter widmete, bürstete ruhig die einzelnen Strähnen, selbstversunken, ohne auf den Streit der Kinder, die Lockung des Fernsehens, die Ankunft des Mannes zu achten, bis es ihr in langen glänzenden Wellen über die Schultern fiel. Langsam probierte sie Misias Ohrringe an, und ihr Blick fiel auf welche, die silbern waren und große runde Anhänger hatten, nach alter Art. Dann, fasziniert, steckte sie sich die Herzbrosche an die Brust.

Sie sah sich im Spiegel an. Du bist sehr hübsch. Aber ja doch. Schön. Hexe.

Nachdem sie die Brosche wieder verwahrt hatte, stöberte sie eine Weile in den restlichen Schmuckstücken. Sie probierte noch das eine oder andere an. Eine Kette, eine Perlenkette! Auf dem Boden des Kästchens lag etwas, das in ein Tuch eingewickelt war. Von Gewicht. Metall. Sie wickelte es aus und sah voll Entsetzen, was sie jetzt in der Hand hielt, ein riesiges, klebriges Insekt ohne Flügel.

Browning 22, stand auf dem Tier.

Eine Pistole für eine junge Dame aus gutem Hause.

27.

Und Don Xil, der niedergeschlagen und wie verhext war, machte sich eines Tages davon, ohne jemandem etwas zu sagen, und bog mit entschlossenem Schritt in den langen Flur ein, nicht weiter darauf achtend, daß er gesehen werden konnte. Matacáns, immer auf der Hut, folgte ihm verstohlen, denn er argwöhnte irgendeine geheime Speisekammer, leicht verwundert jedoch ob dieses unvorsichtigen Vorgehens. Und noch verwunderter, als der Pfarrer auf die Tür zusteuerte, die auf den Garten hinausging, und sich ohne größere Inspektion über die losen Bretter nach draußen verfügte. Dieser undankbare Kerl, dachte Matacáns, bestimmt weiß er von einem anderen Nest und schweigt sich aus wie eine Maus. Aber als er ihm mit etwas Abstand hinterherlief, bemerkte er, daß der Pater jetzt nicht den geraden Weg nahm oder aber nirgendwo hinging oder sehr in die Irre führen wollte. In Wirklichkeit und so, wie er sich verhielt, schien Don Xil weggetreten zu sein, völlig abwesend, gleichsam ohne Reflexe, wie er da seinen dicken Hintern schwerfällig durchs enge Gras schleppte. Dieses offene Territorium war überhaupt nicht nach dem Geschmack des Wilderers. Er beschloß, auf eine Steinmauer zu klettern und es sich auf dem Moos eines Vorsprungs bequem zu machen, der ihm als Ausguck diente. Was er von dort aus sah, erfüllte ihn mit Entsetzen. Versteckt zwischen dem welken Farn, lag der Anarchist aus Lousame auf der Lauer, die Ohren gespitzt, katzenhaft genau in Richtung des Spaziergängers kauernd, mit Augen, die ihm schon vor der Attacke übergingen. Don Xil steuerte geradewegs auf den Schlachtplatz zu, und da nichts anderes zu tun war, als sich selbst vor der Schlächterei zu retten, schickte Matacáns sich an, ohnmächtiger Zeuge der unerbittlichen Gesetze der Natur zu sein. Und seine Augen wurden zu einer Zeitlupenkamera, die verfolgte, wie der aus Lousame sauber im Bogen sprang und den Verurteilten mit den Krallen fing. Obwohl an Jagdszenen gewöhnt, erschrak er dieses Mal angesichts der unmittelbar bevorstehenden Zerstückelung, trauriges Requiem für einen Geistlichen, denn mit der Zeit hatte er Zuneigung gefaßt zu diesem Herrn über Leben und Seelen, der im Grunde gegen sich selbst kämpfte. Und er stellte sich vor, wie der libertäre Dudelsackspieler ihm als erstes das Herz herausriß und dann das Eingeweide der Gefühle ausgiebig kaute, denn Rache ist das grausamste Schauspiel, das das Denken sich ausmalen kann. Vielleicht aber auch nicht. Er verharrte reglos, die Beute festhaltend, aber ohne sie anzusehen. Womöglich war er dabei, sich etwas auszudenken, das noch schrecklicher war und das man auch bei denen angewandt hatte, die man im Krieg tot in den Straßengräben von Néboa gefunden hatte: ihm die bei lebendigem Leib abgerissenen Hoden in den Mund zu stopfen, solange der Verstand des Opfers noch wach war.

Aber die Katze begnügte sich damit, ihn in die Luft zu schleudern und auf das Polster des Grases fallen zu lassen. Dann lief sie miauend mit dem Schwanz auf Halbmast in Richtung Taubenschlag davon. Don Xil brauchte eine Weile, bis er sich lebendig von der Stelle schaffen konnte.

28.

Eine Hochzeitsfeier war in Sicht. Und Rosa fuhr nach Coruña, um sich ein Kleid und neue Schuhe zu kaufen. Lange war sie nicht allein unterwegs gewesen, fast ein ganzer Tag lag vor ihr. Die Kinder blieben unter der Obhut einer Nachbarin, der Perellona, die sich sehr geschickt anstellte. Ernst und frömmlerisch. Wohl die einzige, die keine Gotteslästerungen von sich gab in dieser Gemeinde von Eisenfressern. Beim ersten Milchtropfen, den Christus aus der Brust seiner Mutter trank! Das war das Stärkste, was sie von ihr gehört hatte. Jetzt, kaum in den Autobus gestiegen, merkte Rosa, wie seltsam es war, nichts in den Händen zu halten, eine Leere, die ihr Freiheit und Verwirrung schenkte. Von Kind auf waren ihre Hände immer beschäftigt gewesen: Körbe, Gemüse, Häkelnadeln, das Bügeleisen, die Waschseife, der Besen, die Küchentöpfe, immer irgend etwas, und später dann die Kinder, eines nach dem anderen in den Armen. Wenn sie aus dem Haus ging, der Binsenkorb, der Kinderwagen, die Tüten, die Sorge des Geldbeutels mit den Schlüsseln und dem abgezählten Geld. Sie hatte in einer Zeitschrift gelesen, daß der König Juan Carlos und die Königin Sofía weder Geld noch Schlüssel bei sich trugen. Jemand ging hinter ihnen mit dem Kleingeld. Was für ein Glück, sich diese Last zu ersparen. Die Welt teilt sich anscheinend in die, die loses Geld in der Tasche haben, und die, die keines haben. Daran merkt man, wer unten ist: daß er immer was bei sich hat. Die Reichen haben nichts bei sich. Sie glättete das Haar mit den Händen. Ein Seufzer. Die Augen, ja, die haben ihre Freude an der Freiheit. Vom Fenster aus tragen alle Leute ein Kreuz. Die Arme, verschränkt. Nein, besser so, locker zwischen den Oberschenkeln. Hoffentlich setzt sich niemand neben mich.

Warum wohl ist das Dorf dunkler? Immer hell hier, in der Stadt. Besser ins Zentrum gehen. Zwischen großen Gebäuden ein unbewohntes Häuschen mit verglasten Balkonen, das sich in einen Taubenschlag verwandelt hat. Das Männchen plustert sich in der Dachtraufe auf, rennt rukkend hin und her, pickt wütend in den Nacken des Weibchens. Besteigt es, erdrückt es. Das Weibchen verharrt erschöpft, besiegt. Brutaler Kerl. Im Kantonspark schreibt der Gärtner mit Myrten einen Kalender auf die Erde. 24, Juli, 1981. Der Teich der Goldfische. Das Denkmal mit dem Adler und den Ketten. Dort steht Concepción Arenal. Sie half den Gefangenen. Wer war noch die andere?

Rosalía. Natürlich, Rosalía de Castro. Und die Dicke? Hier über die Straße gehen, beim Banco Pastor. Die Füllige war Pardo Bazán. Die Lehrerin, Doña Carmen, sagte auch: Juana de Vega, verheiratet mit Espoz y Mina, Held der Unabhängigkeit, sie säumte ihm die Fahnen, sie bewahrte sein Herz in einer Flasche mit Formol auf. Die Uhr des Obelisken: es ist schon fast elf. Klar, daß es das Herz war. Wird weiß geworden sein. Diese Sonne mit dem salzigen Geruch. Die Brise, die vom Orzánviertel durch die Rúa Nova kommt. Alle Türen offen. Viele gute Frauen in Galicien. Mäherinnen, Zigarrendreherinnen und Schriftstellerinnen. Rosalía verärgert. Ein Haarknoten. Zusammengepreßte Zähne. Böse Bräune, die der Mahd. Wenn sie gehen, sind sie frisch und gesund; wenn sie wiederkommen, wie Sklaven. Die da trägt anscheinend nichts darunter. Schlank. Sie stellt es zur Schau. Einmal an den Strand gehen. Aufpassen: weiße Haut, Sommersprossen. Sie ist sehr geschminkt. Man muß Zeit haben. Die Füße im Meer naßmachen, wenn du Zeit hast. Gut für die Krampfadern. Das Kitzeln des Sandes zwischen den Fußzehen, das Lecken der Wellen am Ufer. Ein Genuß. Calle Real.

Das Schaufenster von Pascual. Sich aus dem Augenwinkel ansehen, widergespiegelt zwischen losen Beinen von Schaufensterpuppen, die mit farbigen Strümpfen bekleidet sind. Mit einem anderen Firmenschild, ohne diese Preise, wär's grauslig. Ein Schaufenster voller Krüppel. So war's hübsch. Dieses Kleid aus blauem Satin. Zu leicht, tief ausgeschnitten. Ich sollte es anprobieren. Sehr teuer. Gar nicht so teuer. Einmal im Leben. Weiter schauen. Und wenn eine andere es nimmt? Sie probierte es an. Und dann hängte sie es wieder auf den Kleiderbügel. Man kann nicht einfach so kaufen, aus einer Laune heraus. Der da scheint es auch zu gefallen. Sie schaut und schaut. Sie soll bloß nicht sehen, daß du spionierst. Merkwürdig. Wie ähnlich sie ihr sieht. Das würde jeder sagen. Eine andere Rosa. Wie Zwillinge.

Und dann ging sie in die Rúa Torreiro, zu Barros und gegenüber, zu Zara. Viele Leute. Gute Preise. Etwas kaufen. Diese Bluse für den Sommer. Obwohl... Der Sommer geht schnell vorbei. So ganz allein herumstöbern, wie schön. Mit den Kindern ist das unmöglich. Die Schuhe, danach. Oder nicht? Fuente de Santa Catalina. Na schön, genau hier, bei Madariaga. Mit hohem Absatz. Wollte ich immer, aber... Die da aus Lack und mit goldener Schnalle. Langsam gehen, der Fuß muß seinen Platz finden. Sie würden gut zu dem blauen Kleid passen. Ich frag nicht nach einem Preisnachlaß. Ich frag doch. Mama hat immer gefragt. Mir war das peinlich. Ich nehm diese. Sündhaft teuer. Sie sollen nicht denken, daß ... Wie gern ginge ich ins Bonilla. Schokolade. Zu heiß. Man wird dick. Kartoffeln machen auch dick. Und das Weiche vom Brot. Die Füße rot, eingezwängt in Lack.

Am Portal der Jesuitenkirche jemand, der bettelt. Ich hab kein Kleingeld, ich weiß nicht, ob ich welches habe. Der König und die Königin haben nichts bei sich. Ein

Armer, der lustlos ist. Auch ins Betteln muß man ein bißchen Gefühl, ein bißchen Hoffnung hineinlegen. Weitergehen, aber jetzt, wo du stehengeblieben bist, mußt du was geben. Hätte er wenigstens gesagt, Gesundheit, Gott möge es Ihnen lohnen. Nichts. Du bist dumm. Keiner gibt was. Du hast gut daran getan, was zu geben. Wer weiß, was morgen ... Da ist El Pote, das Kaufhaus. Wie wär's, wir schenkten ihnen ein Service ... Wer jetzt heiratet, will lieber Geld. Direkt aufs Konto. Moden. Ich finde ja nicht, daß ...

Kaufhaus Cortefiel, in der Rúa Juan Flórez. Das da ist gar nicht schlecht. Obwohl ... Anprobieren kostet nichts. Den Verkäuferinnen gefällt es nicht, daß du anprobierst. Als würden sie nicht ... Ich hätte das blaue nehmen sollen. Die Preise, du siehst ja. Dieser Wolkenkratzer, Alféreces, was für eine Angst, in den Fahrstuhl zu steigen. Man sagt, er bewegt sich, wenn Sturm ist. Ich glaub das nicht. So viele Fortschritte. Alle wollen in Coruña wohnen. Er heiratet eine aus Laracha, der Bruder von Cholo. Sie auch, Wohnung in der Stadt, aber weiter draußen, in Los Mallos. Sie arbeitet als Kassiererin im Supermarkt Continente. Mit Versicherung und allem. Eine Uniform ähnlich wie die Stewardessen. Das ließe ich mir gefallen. In Coruña, ohne Tiere, ohne ...

Als kleines Mädchen wollte ich Friseuse werden. Zurückgehen, wegen dem blauen. Am Obelisken schon fast halb zwei. Sie werden zumachen. Ich werde das mit dem Preisnachlaß sagen. Mist, sie haben zugemacht. Mein blaues Kleid im Schaufenster. Ein Glück. Die andere da, viel geschaut, aber ... Am Nachmittag wiederkommen.

Am Strand von Orzán Surfer. Im Winter, einmal ein Paar am Strand von Lago, an der Ría von Camariñas, im Gummianzug. Sie kamen aus dem Wasser und umarmten sich. Ihre Brüste da drin, zusammengepreßt, und er, das

Gemächte eng verpackt. Sie fühlten, was fühlten sie? Es muß seinen Reiz haben, sich im Gummianzug zu befummeln. Zu Fuß auf dem Wellenkamm gehen, sich im Schaum verfangen, im Sand tummeln. Der Kuß. Fernsehen. Blond sind sie. Dann rennen sie, gefolgt von einem Hund. Geboren, um zu spielen. Sauber. Unser Trotzki kann Wasser nicht mal sehen. Er jault, zittert, zieht häßlich den Schwanz zwischen die Beine. Flöhe. Zeta-Zeta. Cruz Verde. Bestimmt sind sie aus Coruña, die Surfer. Und die auf den Motorrädern mit dem Auspuff, der aussieht, als wär er aus Silber, und die Ausflügler mit der Gitarre um das Feuer herum. Die aus der Stadt, die genießen wirklich das Dorf.

Das ist nicht möglich. Mein blaues Kleid ist nicht da. Bestimmt ist die andere gekommen. Diese Ziege. Es gibt dasselbe noch einmal. Danke. Ich weiß nicht mehr, ob's mir gefällt. Aber ...

29.

Und Don Xil rief die Gefährten zusammen und sagte zu ihnen: Meine Freunde alle, ich schulde Ihnen Dank und möchte diese Schuld in der gehörigen Form abstatten, wenn es auch unter den gegebenen Umständen und in der Lage, in der ich mich befinde, nicht mehr sein kann als eine schlichte Geste, die ich nicht nach ihrem Preis zu bewerten bitte, der wahrscheinlich verschwindend gering ist auf dem Markt, sondern nach dem, was sie für mich bedeutet. Dann schaute er Matacáns mit tiefempfundener Kameradschaft an: Vor allem stehe ich in Ihrer Schuld, Herr Landsmann, der Sie sich in harten Zeiten für mich ins Zeug legten, meinen Dünkel übersahen und das Gewicht meines Sünderbeutels erleichterten; gestatte mir, mein Herrgott, die Kühnheit, ihn zu segnen und mit ihm alle Seelen des Hauses. Und sie verharrten alle abwartend, bis sie feststellten, daß die Befugnis nicht entzogen wurde. Nachdem Don Xil bewegt den Knoten gelöst hatte, der sich in seinem Hals gebildet hatte, bat er sie, ihm in die Bibliothek zu folgen.

Hier haben Sie zu Ihrer Verfügung, sagte er, auf ein Regal zeigend, die letzten Bücher des alten Bildungsschatzes des Stammhauses von Arán. Guten Appetit.

Schön zart ist dieses Papier, Herr Pfarrer, sagte der Wilderer, den schon die Lust ankam, seine Zähne in *Über die Jagd nach freier Art* zu schlagen.

Das ist der Geschmack der Zeit, Matacáns. Das läßt sich nicht mit Geld bezahlen.

Der Pfarrer, der alte Jäger, unfähig jetzt, zu nagen, schaute wehmütig zu, wie der Wilderer sich mit gierigem Genuß über die Keule des Kapitels XXIX hermachte, »Über Hasen und wie man sie sucht«, und er konnte lesen, in dem Maße, wie die Buchstaben sich in kleinen Geringeln lösten, einsame Glieder einer alten Kette: In Wintern mit Rauhreif such sie auf den Stoppelfeldern, im saubersten liegen sie in der Sonne.

Und Mohammed, der sah, daß er melancholisch war, näherte sich und sagte: Da gibt es Dinge im *Ratgeber für Pfarrer*, die mir bekannt vorkommen.

Das liegt wohl daran, daß die Welt klein ist, sagte Don Xil.

Eine Spieldose.

Ich, mein Berberfreund, höre nur die Trompeten des Jüngsten Gerichts.

In Urika habe ich einen Bruder zurückgelassen, der sich zum Klang der Flöten pausenlos im Mittelpunkt des Universums drehte. Er sagte, so würde er ins Paradies kommen.

Und wird es Tiere im Paradies geben? fiel Matacáns unter dem Einfluß der Materie ein, die er zwischen den Zähnen hatte. Ich meine, wird es Hasen geben?

Ich kannte einen, der diese Reise gemacht hat, sagte der alte Paradela, der sich ebenfalls zu dem Schmaus eingefunden hatte. Einen aus der Gegend von Ordes. Er erschien abends nicht zu Hause, und im Morgengrauen fand man ihn erfroren am Flußufer. Kein Atem mehr, nichts. Er wachte während der Totenwache auf, als sie ihn schon begraben wollten. Er erzählte, er sei im Himmel gewesen, und er erzählte es so, daß es nichts anderes als die Wahrheit sein konnte.

Und gab es Jagdwild?

Bestimmt gab es welches. Am besten erinnere ich mich daran, wie er das Himmlische Bankett beschrieb. Er hat nicht gescherzt. Er redete von Dingen, die er im Leben nicht gesehen und schon gar nicht gegessen hatte.

Wann war das?

So etwa 1948.

Das waren Hungerzeiten.

Das waren sie, wohl wahr.

Und der, von dem du redest, fragte Matacáns nach einer Weile Stillschweigen neugierig, hat er beim Himmlischen Bankett mitgegessen oder hat er es gesehen, als Bild, wie man so sagt?

Er hat gegessen, gegessen hat er. Außerdem, woher sollte er, ein armer Unwissender wie ich, diese Rezepte herhaben, Mastschwein-Entrecote à la Bordelaise, Kastanieneis mit heißer Schokoladensauce, Seehecht, mit Jungaalen gefüllt, Austern mit Kamelienblüten oder etwas, das er Frühlingsrollen nannte?

Es wird doch wohl etwas mehr als Essen gegeben haben, sagte Don Xil, ziemlich ungläubig angesichts der Geschichten des Barbiers Paradela und seiner Freunde.

Selbst das Wasser war besser als der Wein. Er schwor es uns beim Allmächtigen, sagte der Erzähler und küßte die gekreuzten Finger, und der Baldario gehörte nicht zu denen, die umsonst schworen, wenn es um Wein ging. Eine andere Sache, die ihm auffiel, war, daß es Chöre von Engeln und Seligen gab, die Tag und Nacht Psalmen sangen. Es war eine Musik, die sie sozusagen in der Luft schweben ließ, wach und träumend zugleich.

Vielleicht war das die Musik, die mein Bruder hörte, sagte Mohammed im Gedanken an den Derwisch-Verwandten.

Warum kam er zurück? Warum ist der Baldario zurückgekommen? fragte Borborás, den Blick fest auf Paradela gerichtet.

Er erinnerte sich, daß er einen Lichtpunkt am Ende eines Tunnels gesehen hatte, aus dem eine Stimme kam, die befahl: Schickt ihn nach Galicien zurück, er ist noch nicht reif. Und dann sagte dieselbe Stimme: Aber laßt ihm etwas Zeit, er soll die Nase schön voll haben, wenn er wiederkommt.

Und der Barbier befand: An diesen Kleinigkeiten erkennt man, daß Gott an seinem Platz zu sein versteht.

30.

Und als Cholo Rosa die Treppe vom Oberstock herunterkommen sah, wollte er schon sagen, wie hübsch du bist, in Wahrheit dachte er, sie sieht ja wirklich scharf aus, aber er sagte, ich warte eine Stunde, ich wollte schon ohne dich gehen. Sie, als hätte sie nicht gehört, ging den Kindern einen Kuß geben, die unter der Obhut der Nachbarin blieben. Dann setzte sie sich ins Auto, ohne zu sprechen, und um etwas zu haben, das sie mit Absicht ansehen konnte, klappte sie den Spiegel auf ihrer Seite herunter und kämmte sich mit den Fingern sanft das Haar.

Bei der Hochzeit, in der Kirche, fühlte sie sich gut, so als habe sie endlich einen Platz gefunden im Spiel der Blicke. Sie hatte das Martyrium der Füße vorausgesehen, zu kräftig für die feinen spitzen Schuhe mit Absatz, und diese die Nacht über mit nassem Papier ausgestopft, damit sie weiter wurden. Jetzt hielt sie sich aufrecht, wandte mit Würde ab und zu den Kopf, die Frisur mit Schmuck festgesteckt, in der ganzen Pracht von Ohrringen und Kollier. In der Mulde der Brüste schimmerte die Herzbrosche. Keine war wie sie, und sie wußte, daß sie angeschaut wurde. Aber sie richtete ihre Aufmerksamkeit auf die leuchtende, blumengeschmückte Bildwand des Altars, Narzissenstengel auf dem Tisch des Tabernakels, Rosen, Gladiolen und viele weiße, rote und gesprenkelte Nelken, auch als Gebinde auf dem Leintuch der Kommunionsbank, wo jetzt die Brautleute und die Brautführer knieten. Geschmackvoll ausgeschmückt. Sicher eine Frau, den ganzen Nachmittag am Vortag: den Boden fegen, die Heiligenbilder, die Kerzen, die Blumen abstauben. Der Pfarrer, blaß, mager, zwei lustlose Augen hinter der Brille, er hatte fast nicht aus dem Kelch getrunken, aber die Stimme nicht, das muß am Mikrophon liegen, daß ein Wort das andere vor sich her treibt und eine Predigt daraus macht, er wirkt größer, die welken Hände jetzt energisch beim Gestikulieren. Er hat recht mit dem, was er sagt. Sie weiß nicht, worauf sie sich einläßt. Heute, die ganze Nacht, pausenlos. Morgen werden wir schon sehen. Aber sie ist hübsch. Sie hat Charakter. Sie hat sich bei Loyra frisieren lassen. Sie hat zu mir gesagt: Wenn ich keine Hochzeitsreise mache, dann gibts keine Hochzeit. Ein guter Standpunkt. Selbst wenn es nur nach Portugal wäre. Sie macht's richtig. Sie vielleicht, wer weiß?

Und in der Wirtschaft in Pastoriza, wo der Festschmaus stattfand, kam Rosa am Tisch der Torte zu sitzen, die das Bankett überragte, neben der Mutter von Nati, der Braut. Bauern. Nervöser als die Tochter. Benommen von dem lärmenden Durcheinander. Die Hände auf dem Bauch verschränkt. Vielleicht rechnete sie. Mindestens zweihundert Gäste. Applaus, als die Brautleute kommen. Musik. Video.

Sie ist sehr hübsch, die Nati, sagte Rosa.

Sie, die Mutter, nickte ein wenig gezwungen. Ein Goldzahn.

Viele Leute.

Viele.

Es ist heiß.

Soll ich Ihre Jacke aufhängen?

Die Mutter betrachtete sie jetzt freundlich, so als werde sie zum ersten Mal auf die Person aufmerksam, die neben ihr mit ihr sprach.

Was mir zu schaffen macht, sind die Schuhe, sagte sie schließlich mit einem offenen Lächeln.

Ziehen Sie sie aus! ermunterte sie Rosa.

Ich weiß nicht, ob ich sie ausziehen soll.

Aber ja doch! Wer wird Sie unter dem Tisch anschauen? Ich glaube, ich werde meine auch ausziehen.

Als ich sie gekauft habe, habe ich schon gemerkt, daß ... Aber die Tochter, nein, sie stehen dir sehr gut, sie stehen dir sehr gut.

Und wo haben Sie sie gekauft?

In Coruña, in der Calle Real; schon bei dem Preis ...

Das haben Hochzeiten so an sich, man stürzt sich in Unkosten.

Sie sagen es!

Aber es ist ja nur einmal im Leben.

Ja. Einmal.

Während sie aßen, kam der Mann mit der Videokamera vorbei. Die Señora versuchte, mit dem Goldzahn zu lächeln. Sie wußte nicht so recht, was sie mit der Garnele tun sollte.

Jetzt machen sie von allem Fotos. Ich weiß nicht, so mit vollem Mund.

Später ist es witzig, wenn die Jahre vergangen sind.

Ja, wenn die Jahre vergangen sind.

Am Tisch sprachen schließlich die Frauen miteinander, das gleiche taten die Männer, und die Gespräche kreuzten sich und hüpften über die Köpfe und rittlings auf Wolken und Ringen aus Rauch. A suchte A(1), A(2) oder A(n) und B desgleichen. Nur wenn die A's sich an die B's wandten oder umgekehrt, geschah es mit Hintergedanken, im Wettstreit, von der Art Diese Stute hat schon einen Reiter oder Die würde ich schön in die Mangel nehmen. Und im Spiel hatte A Melonen und B eine Steckrübe. Und B einen Vogel, der die Blume von A sucht, auch die Muschel. Und A trank und B sehr viel mehr.

Als sie die Torte anschnitten, riefen A und B gemeinsam: Ein Kuß, ein Kuß! Und einer, der sehr rot war, stand auf und erstickte fast: Hoch das Brautpaar! Und ein anderer: Hoch die Brautführer! Und einer mit einer Zigarre, als schon alles ruhig war: Hoch ich selber! Das frischverheiratete Paar küßte sich wie im Film, und Natis Mutter tat, als würde sie die Hand vor die Augen halten. Hoch oben auf der Torte thronte ein Brautpaar in Form von Plastikfigürchen, starre Püppchen, die durch die Luft segelten, aufs Geratewohl geworfen, damit sich die Junggesellen darum stritten, auch die jungen Frauen um die Orangenblütenzweige des Brautstrauchs. Dann kamen die Freunde des Bräutigams und rangelten mit ihm, um seine Krawatte in kleine Fetzen zu schneiden, die sie als Trophäen aufbewahrten. Und wieder die Hochrufe, auch der mit der Zigarre, ein heiseres Hoch ich selber!, das niemand durch Zurufe ermunterte.

Dann kam das Tanzen. Zuerst tanzten die Brautleute einen Walzer. Dann die Brautführer. Und die Frauen gesellten sich hinzu, ermunterten sich gegenseitig in der Runde. Rosa betrachtete sie amüsiert. Sie rauchte. Ihr zur Seite, rechts, lachte und gestikulierte Cholo mit anderen Männern. Goldene Uhr am hochgekrempelten Arm. Dunkelvioletter Handrücken. Weiße Lügenhalbmonde auf den Fingernägeln.

Ich gehe tanzen, sagte sie zur Señora.

Geh nur, meine Liebe, geh.

Allein tanzen, wie sehr hatte sie das als junges Mädchen gemocht, allein in den Tanzlokalen, zwischen schwitzenden Körpern, die Musik, die sie hintrug, wohin sie wollte, die Füße im Sand des Meeres, perlend, liebkosend, Saum aus Schaum zwischen den Fingern. Und sie ging hin und zog sich abermals die hochhackigen Schuhe aus, was machte das schon, und sie löste das ganze Haar. Was für eine Überraschung! Ich hab dich nicht gesehen. Ich dich ja. Es ist Spiderman, der mich zum Tanzen auffordert. Ich kenne ihn, seit wir Kinder waren, ein Schlingel, der uns in der Schule den Rock hochhob, immer auf Unfug aus, der beste Obstdieb von ganz Arán, am Tag der Johannisfeuer, am Pfirsischbaum, lauft, lauft, da kommt der alte Merantes mit dem Stock. Noch grün, das Obst, wie gut es schmeckt, das geklaute. Ein Motorrad, als junger Mann hatte er ein Motorrad, das auf der Landstraße rumknatterte. Vor dem Eingang des Tanzlokals *A Revolta* hantierte er an dem Motorrad, die Hände im öligen Wolltuch, gehst du nicht rein? Später verschwand er: eingeschifft, als *catering boy*, so hieß die Arbeit, wenn man alles machte. Später in New York, auf dem Bau. Groß, mager, sie an seine Knochen geklammert. Wie komisch, diese Koteletten, grünes Hemd und weiße Krawatte. Dreifarbige Schuhe, wie die Neger, die tanzen.

Du bist sehr elegant, Antonio, sagte sie halb im Scherz.

Hier gibt es nur eine Blume.

Komm, mach dich nicht über mich lustig!

Rosa.

Was?

Sag mir eine Lüge.

Was für eine?

Sag mir, daß du all die Jahre auf mich gewartet hast.

Ich habe all die Jahre auf dich gewartet.

Sag mir, daß du sterben würdest, wenn ich nicht zurückkäme.

Ich würde sterben, wenn du nicht zurückkämst.

Sag mir, daß du mich noch immer liebst, so wie ich dich liebe.

Ich liebe dich noch immer, so wie du mich liebst.

Danke. Vielen Dank.

Wie lustig! Wo hast du das her, Antonio?

Aus einem Film. Hübsch, nicht? Und meine Patentochter?

Wer?

Das Mädchen, die Kleine.

Wie eine Rose.

A propos …

Spiderman krempelte sich den rechten Hemdsärmel bis zur Schulter hoch.

Sieh mal, sieh, was ich hier habe.

Er zeigte ihr eine Tätowierung auf dem Unterarm. Sie wandte zuerst schaudernd den Kopf, aber dann faßte sie seinen nackten Arm, um neugierig hinzusehen.

Eine Rose und eine Fahne.

Und was bedeutet das?

Die Fahne ist die irische. Ein amerikanischer Ire. Er hat die Tätowierung gemacht. Noch verrückter als ich. Er hat tätowiert, wozu er gerade Lust hatte. Ich hab zu ihm gesagt: Ist sie hübsch, diese Fahne? Dann mach sie, verdammt! Ist doch wurscht, ob die eine oder die andere. Die Rose … Ist sie nicht gut gemacht, die Rose? Er sagte, das sei eine Rose aus Tralee. So nennen sie die hübschen Frauen. Eine Rose aus Tralee.

Du bist ja verrückt! Das ganze Leben mit dem Zeug da …

Ich kannte einen Matrosen mit einer Tätowierung, da stand: *Mutter, ich kam zur Welt, damit du leidest.* Und einen anderen mit einer hier, äh, am Unterleib: *Nur für dich.*

Verrückt bist du!

Na, gefällt's dir?

Ich weiß nicht. Ja.

Spiderman redete pausenlos. Lustig. Man wußte nicht genau, was er erfand und was nicht. Ein Wirrkopf. Sie fühlte sich wohl, wie sie sich inmitten von Geschichten und Lachen drehte, aber sie war es, die sagte, sie sei müde. Sie setzte sich zu Cholo. Der Alkohol hatte seine Stimme verändert. Während er mit seinen Freunden weiterplauderte, ließ er eine Hand auf Rosas Knie gleiten.

Er streichelte ihr die Oberschenkel mit der Hand, während er mit der anderen das Steuer hielt. Auf dem Weg nach Hause, ohne auf die Berührungen zu achten, betrachtete sie die langsamen Sequenzen des Sonntags auf der Straße. Alte, die auf Steinbänken sitzen und die Autos zählen, die ungewöhnlich langsam und spärlich vorbeifahren, der vorne mit einem Surfbrett. Ein paar Frauengestalten mit schwarzen Tüchern in einer Ackerfurche, die zwei von einem Kind geführte Kühe in den Boden ziehen. Erde in den Falten, unter den Fingernägeln. Erde. Bäume, die in der Hitze des Tages dösen, schläfrige Pilger der Dämmerung.

Ein Lastwagen von vorn.

Paß auf, sagte sie, während sie die Beine zusammenpreßte. Und er zog endlich die Hand zurück.

31.

Matacáns hatte gelernt, mit dem Schwanz umzugehen. Er gab Don Xil einen Stups.

Sehen Sie mal da, auf dem Boden.

An dieser Stelle schimmerte es, trat langsam Augenbutter aus der frischen Erde. Die Mäuseaugen beobachteten aufmerksam das Phänomen. In dem aschfarbenen Haufen erschien das abgezehrte Maul und schnupperte in die Leere. Der Rest des Sichtbaren waren zwei blinde Augen und eine tiefschwarz glänzende Haut. Die Schnauze wandte sich den beiden Aufpassern zu, und der Geruch schien ihr nicht zu gefallen, denn sie zog sich rasch zurück.

He, he, warten Sie! rief Matacáns.

Das Maulwurfsweibchen erschien von neuem in der Öffnung des gerade gegrabenen Ganges.

Ich hab die Richtung verloren. Wo ist der Obstgarten?

Woher kommen Sie?

Vom Kameliengarten.

Dann müssen Sie weiter. 12 Ellen oder so.

Sie sehen ja, ich hab's eilig, verabschiedete sich das Maulwurfsweibchen.

Das, Señora, sagte Don Xil voll Bewunderung, nennt man, seinen Weg im Leben machen.

Zum Teufel, der Herr Pfarrer! platzte das Maulwurfsweibchen heraus.

Du kennst mich? Don Xil verharrte erwartungsvoll, während er in seinem Gedächtnis stöberte.

Die aus Vilachas! rief Matacáns seinerseits, dem ein Licht aufging. Hexen ab durch die Mitte! América, die Frau mit den Haaren auf den Zähnen!

Halt du den Mund, du Eidechsenjäger!

Seid friedlich, sagte Don Xil, der sich noch nicht ganz von der Überraschung erholt hatte.

Ich gehe meinen Geschäften nach, sagte das Maulwurfsweibchen verärgert. Sie können mich mal, meine Herren!

Warte, América, sagte der Pfarrer in einem Ton, der freundschaftlich wirkte. Was geschehen ist, ist geschehen; gehen wir wie anständige Menschen miteinander um.

Die alte Wahrsagerin spitzte die Ohren. War das nicht der Geistliche, der den Pöbel aufgehetzt hatte, damit er ihr das Haus anzündete? Aus dem Mund des mächtigen Feindes war diese Musik ein unglaubwürdiges Geschenk.

Adieu! sagte sie.

Hör zu, hör zu, bat Don Xil. Vielleicht glaubst du mir nicht, was ich dir sagen werde. Versteh es als einen Gewissensakt. Ich glaube, jemand hat mir diese Zwischenphase der Natur gegeben, um Gerechtigkeit walten zu lassen. Um die Wahrheit zu sagen, América, ich habe dich immer um deine Gabe beneidet. Hinter mir stand eine jahrhundertealte Macht, eine wirkliche Macht mit Hierarchie, Ritual, Symbolen, Büchern, Attributen. Und du, was warst du? Eine arme einsame Frau, allein mit deinen Karten, eine Legende zwischen vier feuchten Wänden.

Matacáns hielt sich aus dem Gespräch heraus und hörte argwöhnisch zu. Er begriff nicht so recht, was vor sich ging. Die Lobhudelei des Pfarrers kam ihm übertrieben vor. Er selbst war Kunde der Hexe gewesen, aber alles zu seiner Zeit.

Und doch, fuhr Don Xil fort, obwohl ich alles daransetzte, um dich mit Verwünschungen und Drohungen von den Leuten fernzuhalten, die Bauern, das einfache Volk, die Hoffnungslosen kamen zu dir, und deine Mittel waren gar nicht so verschieden, auch du hast die Heiligen angerufen und zusammen mit den Kräutern Avemarias verordnet.

América, die sich darauf verstand, die Rückseite der Wörter zu entziffern, fand dieses Mal nichts, das ihr nach Verurteilung oder Zensur klang. Was der Pfarrer sagte, nahm sich wahrhaftig wie ein Geständnis, eine Abrechnung mit der Vergangenheit aus.

Zu dir hatten sie Vertrauen, América.

So ist es nun auch wieder nicht, Don Xil, sagte sie schließlich. Stellen Sie sie nicht so unschuldig dar. Sie gingen zu Ihnen und zu mir, und sie gingen zum Veterinär und zum Arzt, wenn es die gab. Sie klopften an alle Türen. Sie setzten auf alle Karten.

Leg sie für mich!

Es gibt kein Kartenspiel, Don Xil. Ich bin blind.

Was weißt du von der Welt dort unten? Sieht man den Eingang der Hölle?

Ich glaube nicht. Aber es ist günstige Saatzeit.

Was gibt es in den Untergründen von Arán?

Einen Friedhof. Knochen und noch mehr Knochen.

Und zum *castro* hin? forschte Matacáns neugierig, sein Schweigen brechend. Es hieß immer, dort gebe es einen alten Schatz.

Knochen! konterte die Hexe trocken.

Als sie schon meinten, sie habe sich verabschiedet, erschien der Trauerkopf erneut.

Aus Metall, die eine oder andere Kanonenkugel ... Und das hier.

Mit den Vorderfüßen ließ sie eine kleine Metallscheibe über die Erde rollen.

Ein Knopf! rief Matacáns, der bei ihrem Anblick herbeigestürzt war.

Es gibt Tausende. Knochen und Knöpfe in den Eingeweiden von Arán.

République Française, las Don Xil im Kreis.

Und was hat das zu bedeuten? fragte Matacáns.

Eine Schlacht. Vor vielen Jahren. Franzosen und Engländer. Sie haben sich hier gegenseitig umgebracht.

Der Schatz von Arán! sagte América. Leben Sie wohl, meine Herren! Ich geh zu den Regenwürmern.

32.

Sie heißt Beatriz, sagte Toimil zum König von Galicien. Sie ist anmutig, pummelig, mit Wangen rosig wie zwei Dahlien. Kastanienfarbene Augen mit grünen Sprenkeln. Hände einer Wäscherin.

Mir gefällt diese Romanze, sagte der König.

Albar hat ihn zu ihr gebracht, ich habe es ihm gesagt. Sie pflückte wilde Erdbeeren am Fluß, während sie nebenbei ein Auge auf das Vieh hatte. Er kam mit dem preußischblauen Rock, pfeifend, dieses Gerät in den Ohren. Sie trafen sich, wo das Wasser sich staut und Tag und Nacht die Weiden trinken. Sie blieb stehen.

Was hat sie zu ihm gesagt?

Ob er ihr den Apparat leihen würde. Es gibt keine Liebe ohne Musik. Sie setzten sich beide ins Gras, verbunden durch den musikalischen Draht, während Albar diskret Klee zwischen Veilchen und Rainfarn zupfte. Sie folgte dem Text mit den Lippen, langsam. Ach, wie verräterisch ist das Herz.

Und was ist das?

Mexikanisch. Aus einer anderen Welt.

Über Liebe?

Herzzerreißende.

Nichts läßt die Liebe so sehr keimen wie diese Lieder über Liebesleid, sagte der König von Galicien.

Und so lernte Simón aus Arán Beatriz aus Grou kennen, im Río-Grande-Land. Am Morgen des folgenden Sonntags kam er wieder ganz beiläufig dort vorbei, mit den Augen Rebhühner aufstöbernd, und sie lachte so sehr, als sie ihn sah, daß er rot wurde und in die Ferne schaute. Als Beatriz merkte, daß er verwirrt war, zahmer, gekränkter Ochsenkopf, ging sie hin und streichelte Albar den Hals und krauste die Mähne, ringelte sie sich um die Finger.

Wetten, du nimmst mich nicht mit?

Das war nicht vorgesehen. Ein Vogel flatterte wild im Käfig von Simóns Brust. Er pickte wie rasend auf den Adamsapfel, halsaufwärts. Simón schaute Beatriz erschrocken an. So frech. Herausfordernd. Sie zog ihn am Stiefel.

Bestimmt traust du dich nicht.

Glückliche Angst. Heitere Furcht. Schnabelfaust.

Na komm! Nur bis dort, bis zur alten Mühle. Und zurück.

Er spürte, daß er erstickte. Jetzt war er da, kam nicht raus und ging nicht runter, eine Handvoll Fleisch mit Federn mitten im Hals.

Wetten, du nimmst mich nicht mit?

Das Rotkehlchen flog endlich aus dem Hals heraus und ließ sich auf dem Brombeerstrauch nieder. Simón folgte ihm erleichtert mit den Augen. Ein Rotkehlchen, das Brombeeren pickt. Er wandte sich dem Mädchen zu. Augen, um darin zu sterben.

Ich steig auf, sagte sie.

Sie legte ihm von hinten die Arme um die Taille. Albar vollführte eine Reverenz und lief dann mit viel Getänzel los.

33.

Das kalte Wasser des Wasserhahns wusch die Handschuhe aus Schaum ab und legte die Hände in violetten Tönen bloß. Während Rosa das Aquarell des Blutes abrieb, fiel ihr Blick auf den Ringfinger. Als sie den goldenen Reif streifte, malte er seinen Glanz auf die gerötete Haut. Sie versuchte, ihn sanft abzuziehen, aber er ging nicht über den Fingerknöchel, eingegraben in die Falten der Haut. Sie zog kräftiger. An der Stelle, wo er sich seit Jahren befand, seit der Hochzeit, hatte er seine Form in speckigem Weiß eingekerbt. Rosa wollte ihn über die Falten gleiten lassen, aber sie mußte es aufgeben, es tat ihr weh. Sie schob den Ring wieder an seinen Platz und versuchte es mit einem einzigen Ruck, vielleicht würde er ja so drüberrutschen, aber es war vergeblich. Was wie eine unwillkürliche Geste begonnen hatte, verwandelte sich in ein obsessives Gezerre, um das Fett und die Falten der Haut zu besiegen. Sie verschob den Ring in der blassen Vertiefung. Angesammelte, fettige Jahre. Sieht nicht aus, als sei sie dick, die Hand. Oder doch? Sie befühlte die Taille, die Hinterbakken. Sie kniff sich unter das Kinn. Nicht so dick. Oder doch?

Sie schmierte den Ringfinger mit Seife ein, besonders dick um den Reif herum. Das Geschlecht von denen. Unglaublich, wie es sich streckt und zusammenzieht, wie es anschwillt mit einer einzigen Liebkosung, einer Bewegung, rauf und runter, und schon ist es soweit, hochgeschnellt, erpicht darauf, zu bersten. Den Beutel mit den beiden Kugeln schützend in der hohlen Hand halten, das gefiel ihr. Als sie jung waren, wie die Verrückten. Sie taten es dauernd, sich anfassen, vor Zeiten. Wenn sie barfuß herumlaufen, dann schrumpft ihnen der Vogel zusammen. Wieder von vorne anfangen. Langsam, sanft zog und drehte sie gleichzeitig, wie in einer Spirale. Als der Ring über den Knorpel des Knöchels geglitten war, hielt Rosa den angegriffenen Finger unter den Wasserhahn, um die kindliche Erleichterung des Wassers zu spüren. Dann sah sie sich die Innenseite des Eherings an. Der Glanz war heller. Da ein Weinen sie in die Welt zurückrief, ging sie hin und legte ihn auf das Bord des offenen Küchenfensters, auf die weiße Kachel, ohne die Anwesenheit einer Elster im Feigenbaum zu bemerken. Schon zwölf Jahre verheiratet. Das sagt sich leicht. Als sie ging, sah die Blauelster den Himmel voller Geigen. Eine Kleptomanin von hübschem Firlefanz.

34.

Die dreihundert Raben von Xallas ließen sich auf den Dächern des Stammhauses nieder.

Auch Rosa witterte den Tod, die Stille, die zwischen dem Gekrächze nistete, aber sie wollte ihn nicht sehen. Von Zeit zu Zeit ging sie hinaus und suchte vergeblich auf den Feldern des Gutes die einsame schwarze Gestalt mit ihrer wolligen Herde oder den schwachen Rauchfaden, der sich am grauen Vorhang des Himmels rekelte, oder wenigstens den Monolog eines Kleidungsstücks auf der Wäscheleine. Daraus bestand in letzter Zeit Misias Anwesenheit. Wie sie in Trauer, das Gesicht fast ganz von dem portugiesischen Tuch verborgen, die weiße, ängstliche Zahmheit der Schafe führte. Flüchtiger Schatten mit einem Armvoll Holz bei den Kastanien. Jemand, der eine Socke auf den durchhängenden Teil der Leine klammert. Bei den wenigen Begegnungen zeigte sie sich ausweichend, verschreckt wie die Schafe. Sie redete allein vor sich hin. Eines Tages blieb sie stehen, auf den Schäferstab gestützt, und schaute sie mit verwunderten Augen an. Wer bist du? Rosa? Sehr traurig.

An diesem Tag war sie die ganze Zeit unruhig, mit einem Vorgefühl, das in ihrem Innern krächzte. Als es dunkel wurde und Simón kam, hielt sie es nicht länger aus und ging, um am Stammhaus zu klopfen. Das große Tor war verschlossen. Sie klopfte mit dem Türklopfer, die Weltkugel in einer Hand, kalte Eisenfinger. Dann rief sie nach der Señora, ihren Namen ganz langsam, ohne zu übertreiben, sie sollte nicht erschrecken. Vielleicht ist sie im Bett, krank, fiebrig, damit beschäftigt, diese Unglücksvögel aus dem Kopf zu verscheuchen. Oder auch nicht. Vielleicht beobachtet sie mich ja durchs Schlösselloch oder hinter dem Spitzenschleier des Vorhangs. Nichts. Auch kein Licht auf der anderen Seite.

Abends, mit dem Mann, sprach sie nicht über den Verdacht. Wozu willst du die Nase in etwas reinstecken, was dich nichts angeht? Das würde er zu ihr sagen. Aber auch deshalb nicht, weil sie gegen jene seltsame Fähigkeit rebellierte, vor der Zeit zu sehen, die unheilvolle Seite der Dinge zu erahnen. Sie dachte, daß jedesmal, wenn sie ihre Befürchtungen, ihre Ängste, ihre fixen Ideen ausdrückte, jedesmal, wenn sie diese Gedanken in Worte faßte, sich die Vorahnungen schließlich erfüllten. Sie hatte Angst vor sich selbst, vor ihrem Kopf, vor jener krankhaften Neigung, aus allem ein Zeichen, eine Warnung, eine Botschaft zu machen, so daß das Leben eine beklemmende, endlose Fabel war, in der hauchzarte, unsichtbare Fäden das Schicksal der Dinge und der Menschen miteinander verbanden. Bisweilen, wenn sie abgelenkt war, weil ihre Sinne bei ihren Händen waren, die nähten oder die Wäsche bügelten, oder in der Küche, arbeitete der Kopf ganz allein, raste durch den Tunnel der Augen, ein rasch rollender Zug mit Glasperlen und Gefühlen, heftig ratternd, zu überströmenden Worten werdend, bis eine Belanglosigkeit seinen Weg kreuzte. Ein Schatten. Und dann kreischten mit ohrenbetäubendem Lärm die Bremsen. Letztlich im selben Bahnhof.

Am nächsten Tag hockten die dreihundert Raben von Xallas noch immer auf dem Dach des Stammhauses.

Sich in etwas einmischen, was einen nichts angeht, nannte das der Ehemann.

Der Kopf, ja, der wußte alles, aber sie konnte ihn nicht allein lassen. Besser, er denkt nicht. Ihn hinters Licht führen.

Ich glaube, wir sollten nachsehen. Sie kommt schon seit Tagen nicht aus dem Haus. Sie läßt nicht einmal die Schafe ins Freie.

Sie wird fortgegangen sein!

Wir sollten nachsehen. Sie ist alt. Sie hat niemanden.

Sie ist verrückt! Sie ist wie eine Hexe!

Nur nachsehen.

Nachsehen, nachsehen! Und was sollen wir nachsehen? Sagst du denn nicht, es ist fest zugesperrt?

Man muß das Tor aufbrechen, sagt der Kopf, der langsam das Terrain vorbereitet. Oder durch ein Fenster.

Ihm wäre lieber, sie würde in einem anderen Ton zu ihm reden, damit er sich weiter weigern konnte. Er empfand Abneigung gegen alles, was von diesem großen Haus kam, sei es als Glanz oder Zerfall, Adel oder Elend, das verfluchte Laster des Steins, Geschichte auszuschwitzen, dieser verdammte Mittelpunkt des Universums. Man wird also mal nachschauen müssen. Wenn sie mit dieser Stimme spricht, weiß sie, was sie sagt. Ein sechster Sinn. Schrecklich.

Cholo ging zum Kornhaus und band den Hofhund los. Komm, Trotzki. Der Köter spielte verrückt, als er an das Haupttor des Stammhauses gelangte. Erregtes Gebell, unterbrochen von durchdringendem Gejaule. Verrückt danach, reinzukommen, verrückt danach, sich aus dem Staub zu machen. Er kroch dem Maul hinterher auf der Schwelle des Tors, gierig keuchend. Plötzlich wich er entsetzt zurück, den Schwanz zwischen die Beine geklemmt. Der Mann versuchte, den Eingang aufzubrechen, indem er eine Eisenstange als Hebel benutzte.

Sorgsam zugesperrt. Torriegel und alles. Ich gehe hinten rum, sagte Cholo. Durch den Garten. Diese Tür war halb verfault.

Und Rosa spürte das Pochen des Herzens in der Ohrmuschel, als sie sie gegen das Tor hielt. Dann die erbarmungslosen Schläge des Mannes, der sich allein aufgemacht hat, das Ächzen des alten Holzes, das sich hartnäckig an die rostigen Arme der Türangeln klammerte, das hysterische Gebell des Hundes, als er von innen näherkam, das das Herz aus der Muschel verjagte.

Cholo schob den Riegel zurück und erschien in der Türöffnung. Blaß. Verstört.

Besser, du gehst nicht rein.

Geh zur Seite.

Aufgescheucht durch das laute Gejaule des Hundes, versuchten einige Schafe, ihrer Kraftlosigkeit Herr zu werden, und erhoben sich mühsam auf die Knie. Die meisten hatten die Grenze der Agonie bereits überschritten und lagen reglos um den Körper der Señora, eine Bettlerleiche, hingelagert auf einem Sack, am Fuß der Treppe.

Hier haben Mäuse rumgeschnüffelt, sagte der Mann nervös. Zum Erbrechen. Schrecklich.

Los, geh und hol eine Decke, sagte Rosa und schlug das Kreuz.

35.

Durch die Dachritze schaute Don Xil auf das Gefolge: Rosa, Simón, die Alten des Dorfes und die dreihundert Raben.

Ein ärmliches Begräbnis für eine Señora, sagte der Barbier Paradela. In anderen Zeiten hätten dreihundert Klageweiber sie begleitet, wie sie einem Formoso aus Viana gefolgt sein sollen.

Kommen Sie, Señor, kommen Sie! Plötzlich erschien der Wilderer auf dem Trauerbelvedere. Acht Eier und ein Ring aus Gold!

Gold? fragte der Barbier sarkastisch. Wohl solches, wie es der Esel scheißt, mit Verlaub.

Feingold! Echt! sagte Matacáns. Und acht grüne Eier mit Sommersprossen!

Wo ist dieser Schatz?

In einem Elsternnest, oben auf einer Trauerweide!

Auf zu dieser Blauelster, Matacáns, damit sie mir die Augen herausreißt! rief Don Xil aus, womit er aus dem Abgrund auftauchte, in dem er versunken war.

Beruhigen Sie sich, Señor.

Das Ende des großen Hauses von Arán ist offensichtlich, meine Freunde. Ich will keine Vorstellungen mehr! In diesen Breiten ist Sterben eine wahre Kunst.

Ja, in diesem Land ist der Tod ein Laster, sagte Paradela sentenziös.

Es ist die Luft des Hauses, sagte plötzlich Mohammed, der nachdenklich in einem Winkel verharrt hatte. Sie hat Traurigkeitspartikel. Als würde man den Dunst eines alten Meeres einatmen.

Ein Sumpf, meinst du wohl, ein Nebelmorast!

Darauf der Barbier: Ein Mäusenest, mit Verlaub.

Lassen wir uns Flügel wachsen, sagte der Wilderer.

Hoch auf dem Weidenbaum, da liegt ein Schatz.
Acht grüne Eier und ein Ring aus Gold!

Ich spiele nicht mehr, Matacáns. Ich werde die Grundfesten dieses Friedhofs annagen. Besser noch, ich werde anfangen, Sehnsüchte zu destillieren. Mich nach alter Manier gehen lassen. Und adieu!

Das liegt an der Luft, wiederholte Mohammed. Eine traurige Chemie. Sie lagert sich wie Flechten in den Bronchien ab.

Gibt es kein Mittel dagegen?

Natürlich gibt es das! Ein Luftwechsel!

Kommen Sie, Don Xil, gehen wir auf Pilgerfahrt.

Unglaublich, sinnierte der Pater, als erinnere er sich an ein unerfülltes Gelübde, daß ich nie nach San Andrés de Teixido gegangen bin! Und es war, als würde diese Anrufung den volkstümlichen Geist beleben: San Andrés de Teixido, das Heiligtum am Ende der Welt. Dorthin geht als Toter, wer es nicht lebendig tat!

Aber wenn ich mich auf den Weg mache, sagte Don Xil schließlich, wer bleibt dann auf diesem Friedhof? Nein, Freunde, gehen Sie nur. Gott läßt mich nicht los. Ich werde Arán nie verlassen.

Und so sehr sie auch auf ihn einredeten, sie brachten ihn nicht ab von seiner Meinung. Sie zogen los in heiterem Pilgerzug, aber auch betrübt, ihn zurückzulassen.

Sie gingen alle fort, erzählte Toimil dem König von Galicien, außer dem Verurteilten. Und in diesem Augenblick begann das Stammhaus zu brennen, als hätte das Feuer versteckt in der Glut des Herdes gewartet und einen Sprung nach draußen getan, mit schlängelnder Zunge, kaum daß es allein zurückgeblieben war. Lodernde Flammen erhellten die Nacht von Arán. Niemand tat etwas, um sie zu löschen. Freilich gab es Schattengestalten, die sich verschohlen mit diesem und jenem, Teppichen und Möbeln davonmachten. Rosa näherte sich der Fassade. Die entfesselten Flammen ließen die Fensterscheiben bersten und gingen hierhin und dorthin, festgeklammert auf dem Rükken des Windes. Sie flackerten wie zum Spaß in ihrem Gesicht. In diesen Breiten, Señor, kommt Gott als romantischer Tragiker daher.

36.

Und Rosa ging mit den Kindern durch ein spärlich bewachsenes Gelände, um zum Wald der Mimosen zu kommen, denn es verlangte sie nach der ersten Blüte, die im Winter aufleuchtet. Der Große, der voraus ging, bog in einen Pfad ein und kam im Laufschritt zurück, ganz aufgeregt, und sagte, da liege ein Tier auf dem Weg, aber lebendig, mit wildem Gesicht, das ihm die Zähne zeigte, sehr groß, ein Wolf oder so was.

Wird ein Hund sein, sagte Rosa lachend. Und sie nahm eine Gerte und fügte amüsiert hinzu: Werfen wir einen Blick auf dieses Ungeheuer, schhh, schhh.

Es ist wirklich da, Mama, sagte der Junge verdrossen, als sie schon das Gezweig des Ginsters zur Seite bog, der den Pfad überwucherte. Und es ist kein Hund.

Nein, das war es nicht.

Siehst du, Mama!

Rührt euch nicht, sagte sie, während sie den Stecken fest zur Verteidigung umklammerte.

Mit schmerzhafter Wildheit öffnete das Tier mühsam das Maul und stellte die Drohung der gelblichen Zähne und des schwärzlichen Zahnfleischs klar. Abgemagert, mit Knochen, die sich unter dem schmutzigen Fell abzeichneten, das in klebrigen, erdverkrusteten Strähnen schwitzte, gesprenkelt auch mit kleinen Fetzen welken Farns, sprach alles, was an Leben blieb, aus den Augen. In diesem Glanz sah Rosa etwas, das sie den Blick abwenden ließ.

Es ist ein Fuchs, sagte sie. Halbtot.

In seinem Umkreis ließen die plattgedrückten Grasbüschel und Stoppeln die Spuren eines langen, verzweifelten Kampfes erkennen. Eines der Hinterbeine war in einem Fangeisen gefangen, aber auch das andere, das besser zu sehen war, umwunden von Draht, wies große Fleischwunden auf, als habe sich das Tier verletzt bei seinem Versuch, sich aus der Falle zu befreien. Wo das Fell fehlte, war die Haut zu Pusteln geronnen, und aus dem Einschnitt des Eisens sickerte ein häßliches, eitriges Blut. Nur der Schwanz hielt sich aufrecht und glänzend, als wollte er sich eines nicht allzu fernen Tages von der grindigen Wurzel trennen und vibrierend wie ein Eichhörnchen über den Turm der Luft fliehen. Die erste Überraschung wich einem unerträglichen, ekelhaften Geruch, und Rosa suchte am anderen Ende das Leben dieser wilden, grollenden, menschlichen Augen.

Der Arme, sagte Rosa. Und dann leicht nervös: Wir müssen gehen.

Und mit großer Mühe schloß das Tier das Maul und ließ den Kopf matt in schiefer Stellung auf das Blätterlager sinken, teilnahmslos gegenüber der Bewegung des Jungen, der sich mit einem Stock näherte, den er wie eine Lanze vor sich hielt. Rosa zog ihn brüsk zur Seite.

Laß ihn in Ruhe!

Ich wollte sehen, ob er in den Stock beißt.

Auf, gehen wir!

Beim letzten Blick auf den ausgestreckten Körper bemerkte sie das heftige Atmen am Blasebalg der Rippen.

Wird er sterben, Mama? fragte das Mädchen.

Natürlich, du dumme Liese, sagte der Junge.

Und ganz still brach Rosa im goldenen Wald der Akazien die Zweige für den Schmuck des Hauses. Nicht so die Kinder, die schon wieder lärmend herumsprangen, sich um die Zweige mit den meisten Blüten balgten, kleine Hitzköpfe, was für ein Glück, wie sie vergessen.

Auf dem Rückweg, als sie aus dem Hohlweg heraustraten, der zur Straße führte, hörten sie das Geräusch der Langeweile über den Asphalt rollen. Es war Spiderman, die Hände in den Hosentaschen, der eine leere Coca-Cola-Dose mit den Füßen vor sich her stieß. Bevor Rosa auch nur grüßen konnte, liefen die Kinder hin, um es ihm laut zu erzählen. Daß ein Fuchs in einem Fangeisen lag, dort, im Piniengehölz, und daß er tot war, halbtot, lebendig, schwer verletzt an den Beinen. Und er sagte: Gehen wir hin. Und sie gingen mit dem Mann, ohne auf die Erlaubnis der Mutter zu warten: Er gehört uns, er gehört uns!

Natürlich gehört er euch! sagte Spiderman. Habt ihr ihn gefunden? Na, dann gehört er euch.

Und Rosa war dabei, die Mimosen in einen Krug auf dem Küchenbord zu stellen, ohne nachzudenken, verzaubert vom Glanz des pflanzlichen Juwels, als sie das irre Anschlagen des Haushundes hörte. Sie wußte, was danach kommen würde. Und sie schloß die Augen, bevor sie die Tür öffnete.

Es ist ein Weibchen! verkündete Spiderman.

37.

Und eines Tages sagte Beatriz zu Simón: Kennst du den Weg nach Grou? Sie sagte es sehr fröhlich, wie es ihre Art war, und er faßte es als Einladung auf. Es war aber eine Herausforderung. Um nach Grou zu kommen, mußt du durch drei Ringe hindurch. Einer ist aus Silber und zwei sind aus Gold. Wenn du ankommst und die große Sau siehst, gib ihr was, das ihr gefällt. Wenn sie dich vorbeiläßt, wirst du den Großvater der Großväter finden. Du wirst ihn besiegen müssen. Dann schlug Bea einen Purzelbaum und verschwand. Diesen Spaß trieb sie oft, und nachdem sie sich verflüchtigt hatte, lachte sie noch eine Weile mit Amselstimme zwischen den Erlenbäumen.

Am Vorabend des Sonntags bereitete Simón den ganzen Schmuck für sich und Albar vor, der resigniert den maßlosen Putz der für ihn bestimmten Aufmachung beobachtete. Im Schuppen, auf einer Steinbank zu Füßen des Pferdes sitzend, tat der Mann fast kein Auge zu, um die Riemen, den Sattel und die eigenen Stiefel auf Hochglanz zu bringen, bis er vor Müdigkeit an Ort und Stelle auf ein Strohbündel fiel. Albar weckte ihn früh, damit er Zeit hatte, sich zu waschen und sich nach der alten Mode des Karnevals von Ulla als Feldherr zurechtzumachen. Er hatte Durst an diesem Morgen, eine seltsame Gier im Mund. Er trank einen Krug Milch aus, Perlentropfen, die durch den Plüsch des Bartes rannen, bis er sie mit dem Handrücken abwischte. Er sattelte Albar, zog den preußischblauen Rock mit den scharlachroten Klappen glatt und befühlte den Griff des Husarensäbels, denn es war ein großer Tag der Liebe und Herausforderungen.

In Arán war es mit großer Stieglitzsymphonie Tag geworden, und eine Lerche nahm in der Höhe, wie ein singendes Gestirn, den Platz des Polarsterns ein. Im

Haus schlief noch alles, als Albar eine Kapriole auf dem Vorplatz vollführte und dann mit dem General davontrabte, der die Befehlsgewalt über die Zügel innehatte, und der Hall der Hufe auf den Pflastersteinen der Gassen gab die Uhr für das dörfliche Erwachen ab. Und sie machten noch Halt am sogenannten Brunnen der Jakobsmuschel, um, Mensch und Tier brüderlich vereint, einen guten Schluck zu trinken.

Als sie sich ein Stück weiter im dichten Nebel verloren sahen, der im Tal sein Lager aufgeschlagen hatte, wußten sie, daß sie in die erste Prüfung geraten waren, die des silbernen Ringes. So dicht war der Dunst, daß seine glänzenden Fäden wie kleine Spitzenvorhänge von den Wimpern herabhingen, und sie, wie es immer heißt, einen Esel nicht auf drei Schritte sehen konnten. Simón dachte darüber nach, wie verwirrend dunkel eine weiße Höhle zu sein vermag, als Albar auf eigene Rechnung die Entscheidung traf, sich einen Weg durch den Flußlauf zu bahnen, und auf diese Weise gelangten sie zu den Ruinen der Walkmühle, wo sich jetzt in melancholischem Leinen das große Laken des Nebels hinzog. Als sie die alte Fabrik passiert hatten, wo der Fluß nach herkömmlichem Brauch in den Mühlengräben rauschte, sahen sie schon deutlich den Fischreiher, der die Birke, die seine Flügel bleichte, bläulich schimmern ließ.

Und Simón vertrieb sich vergnügt die Zeit, indem er wieder und wieder die Gestalt der Geliebten im Buch des Innern betrachtete, als er in die Welt zurückkehren mußte, weil Albar sich verdrießlich umwandte. Sie befanden sich gleichsam in einem Korb, so sehr hatte sich der Akazienwald in ihrem Umkreis verdichtet. Als würden sie alle auf einmal entzündet, erleuchteten die Kerzen das Laub mit Glasperlen eines blühenden Maskenfestes. Obwohl gebremst von der Vegetation, war Simón fasziniert vom uralten Gold dieser Kathedrale. Albar aber sorgte sich, wie dort herauszukommen war, plagte ihn doch die verräterische Umarmung der wilden Akazie, welche die Dornen unter dem Purpur der Hülse verbergen. Den Weg so fortzusetzen, war ein Martyrium. Den Rückzug anzutreten hieße, das Erlittene wiederholen. Dieses Mal war es der Mensch, der sich an die Spitze setzte. Simón stieg ab, und kaum hatte er die Hand an den Säbel gelegt und ihn aus der Scheide gezogen, wichen die gemeinsten Zweige mit ihren lustigen Masken zurück, und es tat sich eine Lichtung auf, durch die sie sehr gesetzt ins Freie gelangten.

Und sie kamen zu einem Belvedere, von dem aus der zweite Ring aus Gold sich offen ihren Blicken darbot: ein riesiges Stechginsterfeld in der ganzen Pracht der Blüten und Dornen umgab, wie ein Areal aus Dolchen, das, was zweifellos Grou war, ein dicht im Kreis zusammengedrängtes Dorf, nach Art eines keltischen *castro* errichtet, mit konzentrischen Wällen, auf denen das Vieh weidete und die Gärten wuchsen. Zu ihren Füßen begann ein Weg, und Albar, mächtig auf der Hut, voll Argwohn gegenüber Blüten mit dorniger Seele, lief nach Gutdünken los, ohne Gegenbefehl in den Zügeln. Aber es geschah, daß sie, je mehr sie sich vorwärts bewegten, sich um so weiter entfernten, und das hatte nicht viel Sinn, denn das Ziel des Barbanzapferdes war nichts anderes als Grou, und dorthin schien der Weg zu führen, eine Sinnestäuschung. Die Zeit verging, die Lanzen der Abendsonne geißelten Mensch und Pferd, und die taten nichts anderes als durch ein Labyrinth zu irren, das sie vom Dorf entfernte und die Rauchwolken, die das Nichts im Gleichgewicht hielten, unwirklich erscheinen ließ.

Albar begann der Sache überdrüssig zu werden, und Simón fing an zu verzweifeln in seinem Kampf gegen den niederträchtigen Gedanken, daß die Liebe immer eine bittere Frucht ist, als der Galan auf sie aufmerksam wurde, auf die Rauchsäulen, und begriff, daß sie sich nicht nur nicht bewegten, sondern von genau der gleichen Farbe waren wie der Stein der Krippe, aus der sie aufstiegen, wie eine Dekoration. Und daß es sich ebenso mit allen übrigen Formen verhielt, verewigt der nachdenkliche Esel, reglos die Kühe und Schafe im Kuß des Grases, aufgespießt vom Zeiger der Sonne die Alte am Fenster. Und er war zum Verrücktwerden, dieser Zauber, denn wenn man einen Stein warf, wie Simón es tat, kaum daß er abgestiegen war, hüpfte der über den Himmel, wie die Kieselsteine auf dem salzigen Meer, wenn ein Verliebter sie wirft. Diese Welt war eine Art Blase, die Kugel einer Wahrsagerin, abgesetzt auf einer Mondanhöhe und umgeben von einem Graben mit grünem Wasser und jener breiten, unüberwindlichen Schutzwehr des Ringes aus goldenem Ginster. Simón fühlte sich wie eine Motte, die vergeblich gegen die Lampe des Begehrens stößt. Und die Ohnmacht, den Zauber zu brechen, wandelte sich in Wut, die schließlich in einem lauten Geheul explodierte, das schmerzhaft in den Gängen des Himmels widerhallte und sogar den gelassenen Albar erschreckte. Er schlug das Buch des Innern dort auf, wo die geliebte Gestalt erschien, und sammelte alle Luft, deren er habhaft werden konnte, im Brustkasten. Was folgte, ließ die ganze Natur erbeben. Krampfhaft würgend, warf Simón ein Stück Fleisch wie ein Herz aus. Und dann rief er den Namen Beatriz!, in einem beschwörenden Schrei, der die alten Tore knarren ließ. Und jene Welt begann sich zu bewegen, die Bremse des Dorfes löste sich, der Rauch stieg in Turbanschleifen hoch, die Alte am Fenster schüttete das Schmutzwasser der Waschschüssel gegen die Sonne, und das Labyrinth des Weges entwirrte sich wie der leichte Knoten einer Weberin.

38.

Spiderman brachte sie auf einer Art Tragbahre, erzählte Toimil dem König von Galicien, die Kinder dahinter in höchster Aufregung, und Rosa ging vor die Tür, um die Prozession zu empfangen, die Hände in der Schürze, ohne recht zu wissen, was sie tun sollte, voll Furcht, sich zu nähern.

Sieh mal, es ist eine Füchsin, sagte er, genauso erregt wie die Kinder, die behaarten Arme bis zum Ellbogen aufgekrempelt.

Um Gotteswillen!

Sie gehört uns, sie gehört uns! riefen die Kinder um sie herum.

Um Gotteswillen, was ist denn das für eine Idee!

Sie hatte das Gefühl, daß alle auf der Lauer lagen, die Neuheit beobachteten, über diese Rarität lachten, eine Füchsin im Todeskampf, der stinkende Tod des Waldes mitten auf dem Vorplatz des Hauses.

Sie wird gesund, du wirst schon sehen, sagte er munter.

Der ist ja verrückt! dachte sie. Sie sagte: sie stinkt.

Ich wasche sie, du wirst schon sehen. Bring lauwarmes Wasser.

Wasser?

Leicht angewärmt. Und Seife.

Er legte sie behutsam auf den Boden. Als das Tier sich auf festem Boden sah, versuchte es, sich aufzurichten, angstvoll mit dem Kopf fliehend, aber es konnte sich nur eine halbe Handbreit hinschleppen, auf die Vorderbeine gestützt. Es gab einen dünnen Klagelaut von sich, krampfte sich zitternd zusammen, schloß vor Ohnmacht halb die Augen und ließ den Kopf sinken, den Blick am Boden verloren, teilnahmslos dieser erwartungsvollen Runde gegenüber, riesige menschliche

Augen, die forschend jede Zuckung seines Niedergangs verfolgten.

Aber …

Los, bring Wasser in einem Zuber. Wir werden das Fräulein von dieser Kruste befreien.

Und während er das sagte, ohne Rosa anzusehen, näherte er die Hand ganz langsam, meine Gute, so, ruhig, schön ruhig, und suchte den Nacken der Füchsin. Als er schon mit den Fingerkuppen das zottige Fell hinter den Ohren streifte, so, ruhig, meine Liebe, machte das Tier plötzlich Anstalten, ihn zu beißen, aber nicht zu sehr, gebremst vom Schmerz, und öffnete das Maul vor Wut, nicht beißen zu können, die Hand des Mannes an der Stelle, wo die Zähne des Männchens liebkosen.

Mit Rosa und den Kindern als aufmerksamen Zeugen wusch Spiderman ganz sanft die Pusteln der Beine und den Schorf des Hinterteils. Die Stelle, wo das Fangeisen zugeschnappt und der Draht sich hineingebohrt hatte, klaffend und mit schwärzlichem Blut, schien auch die unempfindlichste zu sein, denn die Füchsin ließ es klaglos über sich ergehen, so, meine Hübsche, armes Tier, so schlimm zugerichtet.

Und sie ließen sie in der Sonne, solange sie auf sie schien, während Spiderman über die Hunde der Umgebung wachte, die schon gewittert hatten und knurrend herumstrichen, angelockt auch vom Gebell Trotzkis, der unter dem Kornhaus tobte. Rosa hatte sich noch nicht an den Gedanken gewöhnt, als er sagte, sie sei sehr schwach und man müsse sie dazu bringen, zu fressen, um dann den gefürchteten Einfall vorzubringen, es wäre gut, einen sicheren Ort für sie zu suchen, wo sie vor dem Frost und den Hunden geschützt wäre.

Aber …

Ja, Mama! Ja, Mama!

Eine Hütte, ich kümmere mich schon um sie.

Sie wollte sagen: Dieser verflixte Kerl, macht einen ganz kirre. Sie sagte: Mal sehen, was Cholo meint, wenn er kommt.

Aber es war zu spät in der Nacht, als der Mann des Hauses kam, und niemand konnte ihm die Geschichte der Füchsin erzählen.

39.

Es war also ein Kinderspiel, nach Grou hineinzukommen, alles schon fröhlich vergessen, gutgestimmt Simón und Albar durch die psychometrischen Laute der Erde, diese Art zu raunen, die sie an Sonntagen an sich hat. Und bevor sie in die Hauptstraße einbogen, sahen sie vor sich eine riesige Sau, die in ein paar Geranientöpfen herumwühlte, ohne daß irgendein Mensch sie darob tadelte. Kaum hatte sie die Fremden erblickt, Mann und Pferd, lief das Mutterschwein grunzend auf sie zu, die Äuglein dümmlich aufgerissen im scheußlichen Monsterkopf. Nie hatte Simón etwas Ähnliches gesehen und Albar auch nicht, nach der Bewegung zu urteilen, mit der er auszuweichen suchte. Gedrungen, mit Zitzen, die über den Boden schleiften, war sie gleichwohl breit wie ein Ochse. Mit bösem Blick jetzt versperrte sie ungerührt den Weg, ohne sich von dem ungeduldigen Geschnaube des Pferdes beirren zu lassen. Frauenköpfe begannen an den Fenstern aufzutauchen.

Du mußt ihr etwas geben! rief eine.

Gib ihr was! sagten alle.

Die gewaltige Sau schaute fordernd und spöttisch am Zoll der Straße.

Es muß was sein, was sie mag!

Maisbrot mag sie nicht!

Keine Kastanien!

Und da ging Simón hin und holte mit großer Feierlichkeit ein blutiges, an den vier Zipfeln zusammengeknotetes Tuch aus dem Beutel. Er knüpfte es langsam auf, vor den Augen der Sau, die gierig zusah. Es herrschte Erwartung an allen Fenstern von Grou. Simón nahm den blutigen Muskel und wog ihn auf der Handfläche. Alle sahen, wie er in Zeitlupe dem großen Mutterschwein vor die Füße fiel.

Ein Herz! sagte das Gemurmel, als es in den Mündern des Dorfes zum Überraschungsschrei geworden war. Er hat ihr ein Herz vorgeworfen!

Die Sau, halb gierig, halb verwirrt, blickte um sich, und dann schlang sie es hinunter, mit einem Biß, und das Blut sickerte aus dem Schlund. Danach trat sie zur Seite und entfernte sich, mit hängendem Kopf leise vor sich hin murrend.

Das mochte sie, jawohl!

Simón schaute nach rechts. Wer jetzt sprach, war ein kleiner bärtiger Alter, fast ein Zwerg, mit einer roten Schärpe um die Taille. Er hatte spitze Ohren und lustige Augen.

Das ist der Großvater der Großväter! bedeutete respektvoll die Frau am Fenster, das am nächsten lag.

Wir wollen doch mal sehen, sagte er nachdenklich, den Bart krausend, was ist das: Es geht über den Boden und bleibt doch oben?

Alle Blicke wandten sich abermals Simón zu. Dem begann soviel Stille wehzutun. Er wußte die Antwort, sie ächzte in den Pforten des Gedächtnisses und trieb das welke Laub vor sich her, aber er war nicht imstande zu sprechen, geschwächt noch durch den Preis eines Herzens, das herausgerissen wurde, um den Namen der Geliebten auszusprechen. Er gedachte, sich mit den Händen auszudrücken, aber dazu kam es nicht, denn was immer es war, es entfloh ihm zwischen den Fingern.

Schon hielten ihn alle für besiegt.

Der Wind! rief plötzlich Albar.

Es verwunderte den Alten, daß die Lösung des Rätsels aus dem Maul des Pferdes kam. Es bekreuzigten sich die Frauen.

Du hast mich ein bißchen warten lassen, sagte Beatriz am Ende der Gasse.

Die große Sau rieb den Bauch an der Haustür. Aus dem Maul troff ein Geifer aus Veilchen. Drinnen gab es nichts als Aufmerksamkeiten. Beatriz hatte drei schmeichlerische und reizende, kleine und pummelige Tanten, die grüne und rote Röcke trugen und Simón, der verschüchtert hinter dem großen Pinienholztisch saß, mit einer Auswahl von Früchten des Landes bewirteten, und sie stellten ihm unter anderen Vesperspeisen cremigen Kuhkäse hin, eingewickelt in grünes Laubpapier, Karnevalskuchen mit weißem Puderzucker, dünne Pfannkuchen mit Schweinsblut und Tausendblütenhonig, Rotwein vom Heiligen Jahr und dann Kräuterschnaps, um alles zu segnen.

Und die ganze Zeit, rotbäckig und lächelnd, hörten sie nicht auf, Simón zu fragen, ob er mehr wolle und ob er sich wohl fühle. Und er, mit glühenden Wangen, vergalt mit vollem Mund kauend soviel Zuvorkommenheit.

Ich habe euch doch gesagt, daß er nicht spricht, gab Beatriz ihnen zu bedenken.

Ja, meine Liebe, aber deshalb kann man doch fragen, antwortete die, welche auf den Namen Tante María hörte.

Er ist ein stattlicher Bursche, sagte Tante Maruja.

Und hat ein gutmütiges Gesicht, fügte Tante Marisa hinzu, erfreut über den guten Appetit des Gastes. Er scheint gutherzig zu sein.

Wenn ich sowas höre, sagte plötzlich eine hohle Stimme von der Ofenbank her, wenn ich so von jemandem reden höre, dann habe ich den Eindruck, daß man ihn einen Schwachkopf nennt.

Onkel Roque! rief Beatriz.

Wie grob du bist!

Immer verkehrt!

Hi, hi, hi, hi.

Der da mit spitzbübischer Bosheit lachte, stocherte mit einem Eisen in der Glut des Feuers herum, und ein

Schwarm von Funken stieg zum schwarzen Loch des Herdmantels empor. Sein Gesicht war halb von einem Panamahut überschattet. In der mehligen Helligkeit des Fensters pickte eine Amsel herum.

Was das Stummsein betrifft, sagte Onkel Roque unbeirrt, so habe ich gehört, daß es immer dann heilbar ist, wenn es Gehör gibt. Man muß nur die Zungenspitze abschneiden.

Wie brutal du bist!

Mit einem Schnitt. Das hat mir ein Landsmann in Kuba erzählt. Er hatte einen bunten Vogel, der sprach. Er sagte: Schmutzfußgalicier, Schmutzfußgalicier! Hi, hi, hi.

Trink und halt den Mund! unterbrach ihn Tante María resolut.

Achte nicht auf ihn, sagte Bea lächelnd zu Simón. Er meint es nicht böse. Ich glaube, der Rauch vernebelt ihm den Kopf. Seitdem er zurückgekommen ist, hat er diesen Winkel nicht verlassen.

Er war immer eine Mimose! sagte Tante María, die alles wußte. Schon als kleiner Junge war er ein alter Nörgler. Ein Dickkopf!

Von seinem Versteck her zwinkerte der Alte dem Burschen komplizenhaft zu und begann dann leise zu singen, mit schleppender Stimme, wie eine knarrende Wagenachse:

Im Hemd hab ich Flöhe,
In der Hose sind Läuse.
Viel Vieh hab ich auf der Weide,
die Nachbarn platzen vor Neide.

Sing, Mann, sing, sagte Tante María, wider Willen lachend.

Er kam ärmer zurück, als er ausgezogen war!

Er brachte einen Hut mit!

Und eine Tabakspfeife!

Und ein Hemd mit einer aufgestickten Palme!
Laßt ihn in Ruhe.
Iß mehr, Junge.
Er kann nicht mehr.
Wieso nicht?
Er hat genug Platz, um es unterzubringen.
Noch ein bißchen, komm.

Und nach dem Gastmahl, erzählte Toimil dem König von Galicien, ritten die beiden verliebt auf Albar spazieren und gelangten zu einem tiefblauen See, es war, als würde der Himmel in einer Porzellanschale ruhen, und deutlich sah man die trägen Pinselstriche der Wolken an diesem Tag der Muße.

Und wirklich besaß die sanfte Landschaft, in der sie sich befanden, sie, das Pferd und auch der Rabe, der auf der Einsamkeit eines kahlen Baumes hockte, einen Anflug von hartem Glanz, denn der See hatte sich in der Mulde einer verlassenen Kaolinmine gebildet, wie man an dem schneeweißen Streifen sehen konnte, der die Wasser säumte, in denen sich das Gewölbe in der Höhe spiegelte. Da erkaltete die Sonne an diesem Aussichtspunkt, und starr vor Staunen sahen sie, als könnte das bloße Knistern eines Knochens alles zerbrechen, wie das Schwanenpaar über den Lack der Stille glitt.

Ja, mein Herr, sagte Toimil zum König von Galicien, der treue Maeloc und die Dame der Normandie haben dort Aufenthalt genommen, in der Wassergrube der verlassenen Mine, seitdem die Sonntagsjäger sie mit Schüssen aus dem See von Xuño verjagt haben.

40.

Und als Rosa öffnete, denn man hatte geklopft, stand Spiderman vor der Tür mit dem Morgentau auf dem Leder der Stiefel, und sie sagte: Ach, du bist es. Und dann: Kommst du rein? Und er sagte, na ja, einen Kaffee würde er schon trinken, wenn er nicht störte.

Und der Mann?

Ist schon fort.

Und was hat er gesagt?

Nichts.

Rosa ging in die Küche und kam mit der Kasserolle zurück. Sie hatte die Mähne noch nicht zu einem Pferdeschwanz zusammengebunden. Augenringe. Ein träges Gehen, mit Hausschuhen.

Ich hab etwas für sie, sagte Spiderman. Ein paar Aspirintabletten.

Aspirintabletten?

Wenn sie gut für Menschen sind, dann werden sie auch gut für Füchse sein. Und das hier ist eine Pomade, die meine Mutter genommen hat, als sie sich mit der Sichel geschnitten hatte. Hast du nachgesehen, wie es ihr geht?

Wie denn! Das ist doch Wahnsinn. Mich graust, auch nur in die Nähe der Tür zu kommen.

Und die Kinder?

Die wollten schon. Ich hab sie vor einer Weile in die Schule geschickt. Die Kleinen schlafen. Jetzt ist ihre Zeit, sagte sie mit einem müden Lächeln.

Ich war auch so. Ich schlief, wenn der Hahn krähte.

Sie haben jetzt andere Schlafenszeiten.

Gib ihnen doch Kräuter, Lindenblüten oder sowas!

Das ist was für mich. Ich glaube, ich würde das ganze Leben schlafen, wenn man mich ließe. Ich würde mich für immer in ein Bett legen.

Sie führte die Zigarette zum Mund, nach dem Seufzer. Er beeilte sich, das Feuerzeug in der Hosentasche zu suchen.

Ich glaube, das mit dem Nachts-nicht-Schlafen, das geht nie ganz weg, sagte Spiderman. Ich bin immer zu meinen Eltern ins Bett gekrochen. Ich suchte mir mein Nest neben ihr, aber ich schlief nicht. Es gab Mondnächte, da zeichneten sich die Figuren der Vorhänge an der Decke und an den Wänden ab. Vögel, die sich in Schatten verlängerten und so Sachen.

Rosa schaute zum ersten Mal hoch, wach geworden durch die Vertraulichkeit, und sah in den Augen das chinesische Schattenspiel vor dem Hintergrund des Mondes. Männer redeten nicht so.

Aber am meisten gefiel es mir im Winter. Ich rückte dicht an sie heran, zusammengerollt unter den Decken, und hörte auf der einen Seite ihren Atem und auf der anderen, wie draußen der Wind tobte und auf dem Dach heulte.

Erzähl mir mehr, wollte sie sagen, aber sie drückte die Zigarette aus und sagte, während sie auf die Felder hinausschaute: Es wird schon spät.

Ja, sagte er und stand auf. Du hast doch einen Teller Milch?

Und als sie ihm den Teller gab, tat er die Aspirintabletten hinein und rührte mit dem Finger herum, damit sie sich auflösten.

Ich werde mal nachsehen, wie es der Dame geht. Kommst du?

Ja, wenn du vorausgehst.

O.K.

Und Spiderman stieß vorsichtig die Tür der Hütte auf, die trotzdem knarrte und zu seinem Bedauern einen Lichtfächer eindringen ließ. Einen Augenblick lang schimmerten Augen und Zähne, Lebenszeichen auf dem Sackleinen. Das Tier wirkte verkleinert auf dem Boden, während die menschlichen Gestalten auf der Bildwand der Tür ins Riesenhafte wuchsen.

Na komm, mein Herz, sagte Spiderman, während er sich bückte und den Teller der Füchsin nahe vor das Maul stellte. Dann rieb er die verwundeten Stellen ganz behutsam mit der Pomade ein. Bei der Berührung versuchte das Tier, sich zu bewegen, aber ihm entschlüpfte nur der matte Klagelaut eines erschöpften Hundes. Dann ließ es den Kopf zu Boden sinken, die Augen im Dunkel verloren, unberührt vom Licht der Milch.

Sie wird nichts trinken, solange wir hier sind, sagte Rosa.

Nein. Und sie muß halbtot vor Hunger sein.

Als sie hinausgingen, blendete sie heiter eine neugeborene Sonne. Der Frühling pulsierte in der Luft. An der Seitenwand des Hauses, nahe dem Feigenbaum, blühte der Holunder in weißen Schmetterlingsflügeln, Pflanzenbüschel, die stengelaufwärts aus der Nische des Winters auftauchten.

Spiderman gähnte und reckte die Arme. Hängendes Kreuz aus Gold auf der Wolfsbrust. Entschuldige. Rosa lachte.

Schöner Tag, sagte er.

Später wird's kalt. Am Nachmittag.

Wenn es dir nichts ausmacht, bleib ich hier, um ab und zu einen Blick auf sie zu werfen. Wenn es dir nichts ausmacht. Ich hab nichts zu tun.

Warum soll mir das was ausmachen!

Ich könnte ..., wenn du willst, könnte ich irgendwas tun, sagte er vorsichtig.

Unsinn, Mann! Was willst du denn tun?

Ich könnte Holz hacken oder ...

Holz ist für Jahre da. Mein Bruder …

Gibt es undichte Stellen im Dach?

Nein, nein, sagte sie belustigt. Jetzt nicht.

Ich könnte … ich könnte die Fassade streichen. Und er zeigte auf die unteren Teile des Hauses, wo das Weiß verblichen war. Auch Rosa sah auf die defekten Stellen, von der Feuchtigkeit geschwärzte Narben, an denen die Umrisse der Steine hartnäckig unter dem Zement zum Vorschein kamen.

Was meinst du mit streichen?

Das ist eine gute Idee, dagegen kannst du nichts sagen. Ich mach es, so wahr es einen Gott gibt.

Du bist verrückt.

Welche Farbe willst du?

Komm, mach dich nicht über mich lustig.

Dann werde ich eben Blumen pflanzen.

Blumen?

Sie wußte nicht genau warum, aber sie spürte Schmerz, etwas wie einen Stich im Innern. Sie blickte leicht verwirrt um sich. Es stimmte. Abgesehen von dem wilden Weiß des Holunders gab es keine blühenden Pflanzen. Im Küchenfenster blinkten die Sterne der abgeschnittenen Mimosen.

Ja, Blumen, warum nicht? sagte Spiderman. Und er wollte hinzufügen: Das ist etwas, das ich nicht verstehe, daß die Häuser hier keinen Garten haben, keine Blumen an den vier Ecken, nur die Toten haben welche. Aber das behielt er für sich. Er sagte: Aber ja, du wirst schon sehen. Es ist einfach. Ich mach ein paar Blumenkästen aus Holz, da an den Seitenwänden. Auch wenn es nur Geranien sind. Und um den Vorplatz herum steck ich ein paar Hortensien ein. Das wird hübsch aussehen.

Die Tiere werden sie auffressen.

Die nicht. Die sind sehr bitter.

Schön. Gut. Wie du willst. Eigentlich hab ich oft daran gedacht, aber …

Ich mach es zum Zeitvertreib. Ich sehe ab und zu nach dem Tier und beschäftige mich ein bißchen.

Sie ging zur Tür. Blumen. Ein Blumenkranz in Gedanken. Bevor sie hineinging, sagte sie: Ich hab gehört, du gehst wieder fort.

Na ja. Ich weiß noch nicht.

Im Schuppen suchte Spiderman sich das Werkzeug zusammen, und dann stöberte er im Holzkasten herum. Er würde längliche Blumenkästen machen, mit Holzbrettern, die von gekreuzten Streben gehalten wurden, wie er sie in Holland und dortherum gesehen hatte. Geistige Anmerkungen zu einem unmöglichen Heim. Das Lied von Pucho Boedo: Wer brachte in deine Familie das Wanderleben des Scherenschleifers? Die Mutter, das letzte Band. Jetzt tot.

Während des Vormittags hörte Rosa das monotone Ratschen der Säge, dem ab und zu das fröhliche Glokkenspiel des Hammers antwortete. Sie taten dem Haus gut, diese Laute, so als wären sie immer da gewesen, im Wettstreit mit den anderen, die die Stille verlängerten: die Zisterne, der Fensterladen, der vom Gespenst des Windes hin und her geschlagen wurde, das insektenhafte Knistern eines Plastikbehälters im Mülleimer.

Spiderman klopfte an die Tür, und sie beeilte sich, das Werk zu sehen, aber er kam mit dem leeren Teller.

Sie hat alles getrunken, sagte er. Ich glaube, ich werde ihr ein bißchen Fleisch kaufen.

Aber …

Das ist ein gutes Zeichen, weißt du?

Laß schon, geh nicht. Ich hab ein bißchen Huhn hier.

O.K. Roh. Kleingeschnitten. Ich mach es selbst, wenn du mir ein Messer gibst. Es muß weiß Gott wie im Bauch des armen Tieres aussehen!

Er hier, in der Küche, die Ärmel hochgekrempelt, die Hände ein wenig blutig durch das Fleisch. Ob ich noch mal diese Tätowierung sehen könnte? Was für einen Unsinn ich denke!

Übrigens, ich hab schon einen Blumenkasten gemacht. Komm ihn dir ansehen, wenn du willst.

Und als die Kinder aus der Schule nach Hause kamen, lag die Füchsin in der Sonne auf dem Vorplatz, ausgestreckt auf dem Sackleinen, die Augen halb geschlossen, und Spiderman saß neben ihr und paßte auf, mit einer Gerte in der Hand, um die Hunde zu verscheuchen, die ihre Kreise zogen.

Ist sie gesund?

Noch nicht, die Arme. Aber, wißt ihr was, was ganz Wichtiges? Sie hat gefressen, gefressen wie eine Königin.

Und was hat sie gefressen?

Huhn, ein frisches Hühnerbein.

Und Kartoffeln? fragte das Mädchen. Fressen Füchse Kartoffeln?

Du bist dumm, sagte der Junge. Wie können sie Kartoffeln fressen. Sie sind doch Fleischfresser!

Na und? Trotzki frißt Kartoffeln.

Hm … Ich glaube …, ich glaube, sie würde keine Kartoffeln fressen, aber, wer weiß?

Spiderman näherte sich jetzt den Kindern, in der Hocke, wie jemand, der ein Geheimnis teilen will.

Seht ihr diesen Finger, der keinen Nagel hat?

Sie sahen ihn in der Tat. Der Mittelfinger der rechten Hand endete in einem Stumpf und wirkte, um ein Drittel amputiert, wie ein seltsames Wesen zwischen dem Ringfinger und dem Zeigefinger. Spiderman bewegte ihn, und sie betrachteten ihn mit offenem Mund.

Ihm fehlt ein Stück, seht ihr? Der Ärmste. Das hat nämlich ein Fisch gefressen.

Die Kinder verzogen das Gesicht vor Grausen, als spürten sie selbst das Nagen der Zähne.

Die Piranhas. Habt ihr schon mal von den Piranhas gehört?

Einmal, im Fernsehen, sagte der Junge, haben sie in einer Minute ein Pferd gefressen.

Na, und mir haben sie dieses Stück Finger abgefressen.

Hat es dir weh getan?, fragte das Mädchen. Ich meine, hat es dir sehr weh getan?

Ich weiß nicht. Ich erinnere mich nicht mehr. In Wirklichkeit waren das nicht die Piranhas. Es war nur Spaß. Es war ein eisernes Ungeheuer. Wenn ich nicht aufgepaßt hätte, wär mein Arm weggewesen.

Nach dem Schweigen wandten die drei die Blicke wieder dem Tier zu.

Glaubst du, sie wird unsere Freundin, wenn sie gesund ist?

Bestimmt.

Wie ein Hund? Wird sie wie ein Hund mit uns spielen?

Ich sag euch, was wir machen werden. Wir werden sie wieder in den Wald zurückkehren lassen.

Sie schwiegen. Sie schienen nicht sehr einverstanden zu sein.

Sie wird sich an euch erinnern. Abends wird sie das Licht eures Hauses anschauen.

Und wenn wir fortgehen? Mama will, daß wir nach Coruña ziehen.

In diesem Augenblick erschien Rosa in der Tür mit der Kleinen in den Armen und rief alle zum Essen.

Mama, Mama! krähte das Mädchen. Hast du gewußt, daß die Piranhas Spiderman ein Stück Finger abgefressen haben?

Es war ein eisernes Ungeheuer, sagte der Junge.

Rosa schaute ihn an. Warum kommst du nicht auch rein?

41.

Und an einem Sonntag, der sich grau und mit nassen Füßen anließ, begab Simón sich nach Grou, um die Geliebte zu sehen. Und etwas Seltsames fühlte er, etwas, das man Vorahnung nennt, denn die Natur verharrte reglos und trüb im Nieselregen, der durch das Fransenhaar der mürrisch dreinblickenden Bäume tröpfelte. Gefangen in der Schwermut der Brombeerhecken, ließ ein Schwarzkehlchen das Singen, als Spatz verkleidet. Alle Wesen schienen einem fernen Ort zuzustreben, der nicht der ihre war, alarmiert von einem vertraulichen Hinweis der Erde. Eine Hummel flog, desorientiert durch die Monotonie der traurigen Blütenblätter. Die Nacktschnecke glitt über die Schrift des Granits mit der ewigen Sehnsucht der Unbehausten. Die Frischlinge waren in den Mutterleib zurückgekehrt. Verschwunden der Rehbock im mittelalterlichen Pentagramm der blinden Wege. Der Himmel, kraus, mit tiefen Augenringen, schlug sich mit quälenden Melancholien herum.

In der Trostlosigkeit war der Atem des Pferdes ein Heim.

Draußen vor dem Dorf blieb die Eskorte der dreihundert Raben von Xallas, und der Reiter sah die große Sau im Schlamm wühlen und den Regenbogen im schmutzigen Wasser kauen. Sie ließ ihn vorbei, gleichmütig, ohne auch nur ihre falschen Äuglein zu heben. Es gab keine Gestalten, die in den zweiflügeligen Türen lehnten, noch Silhouetten auf der Tarnung der Vorhänge. Die Welt hatte die Kunst verloren, nach draußen zu schauen. Durch ein Fenster sah Simón den Großvater der Großväter, der vor dem Fernseher Maiskolben aushülste. In einem anderen Haus schaute eine ganze Familie auf den Bildschirm und kaute schweigend um den Tisch herum. Sie gingen auf der Hauptstraße, unbeachtet, als kämen sie verspätet zu einer umgestellten Zeit.

Albar blieb vor dem Haus von Beatriz stehen. Als niemand heraustrat, ging Simón hin und klopfte mit dem Türklopfer in Form eines Hufeisens. Aus dem Innern kam ein gewaltiges Getöse von Schüssen, quietschenden Autoreifen, Polizeisirenen, energischen Stimmen, auf die eine weitere Salve von Schüssen folgte. Dies alles war natürlich Teil der Stille. Er hörte schlurfende Schritte, und in dem Lichtstrahl, den der Tag in den Flur warf, erschien langsam eine knochige, gekrümmte und trauertragende Gestalt, von der sich herausstellte, daß es Tante María war.

Sie sagte leise vor sich hin: Er ist es, natürlich, er ist schon da. Aber sie fragte Simón mit argwöhnischem Blick: Wer bist du? Und danach noch: Was willst du?

Simón lächelte bitter. Er wünschte von ganzem Herzen, dies möge ein neues Spiel sein, eine Prüfung, und daß sogleich heiter und zuvorkommend die mollige Tante María im Flur erscheinen und ihn aufforden würde einzutreten, und glockenhelle Rufe von sich geben würde, damit Bea käme, du hast Besuch, faß es ordentlich an den Zügeln, laß das Pferd nicht fortlaufen, und möchtest du nicht lieber eine, die ein bißchen reifer ist, mein Junge?

Bea ist nicht da, sagte sie schließlich.

Dann schickte sie sich an, die Tür zu schließen, aber Simóns eiserner Arm hinderte sie daran. Der Besucher hatte gerötete Augen, winzig malten sich Herzen und Schwerter. Da schien es ihr angemessen, sein kochendes Blut zu kühlen.

Bea wohnt nicht mehr bei uns. Sie ist nach Coruña in Stellung gegangen.

Man sah, daß Simón die Worte miteinander verknüpfte.

Hinten im Flur tauchte der Onkel mit dem Panamahut auf.

Sag ihm die Wahrheit!

Ich hab sie ihm schon gesagt! Sie ist als Dienstmädchen fort. Nach Coruña. Wir wissen nicht, wo sie wohnt. Und wir wollen es auch nicht wissen.

Dieses Mal schloß sie den oberen Teil der Tür, ohne daß jemand sie daran hinderte.

Der Reiter spuckte eine Miniatur aus Schlangen und verstörten Gefühlen auf den Boden, bestieg Albar, und sie trabten in Richtung Norden davon, gekämmt vom Wind, mit der treuen Eskorte der dreihundert Raben von Xallas, zersplittertes Echo eines strafenden Donnerschlags.

42.

Und jeden Tag ging es der Füchsin besser, man merkte es daran, daß die Wunden weniger häßlich aussahen, das Fell seinen Glanz zurückgewann, am unersättlichen Appetit und vor allem an der Lebhaftigkeit der Augen. Es war Rosa, die, ihren anfänglichen Ekel überwindend, am meisten auf die Veränderung achtete. Diese beiden brennenden Lichter der Hütte begannen einen seltsamen Einfluß auf sie auszuüben, so sehr, daß sie jede Stunde rituell die Tür öffnete, im Rahmen stehenblieb und die Blicke sich vorsichtig kreuzten.

Seit dem Fund war Spidermans Anwesenheit im Haus zur Gewohnheit geworden und hatte sich in etwas Vertrautes verwandelt. Während er sich mit einer sorgsamen Routine aus Pflege, Futter und Sonnenbädern um das Tier kümmerte, fuhr er gleichzeitig mit seinen Verschönerungsarbeiten fort. Schließlich akzeptierte Rosa, daß er die Fassade des Hauses anstrich. Cholo, sagte sie, habe die Schultern gezuckt bei der Idee und spöttisch gelacht über diese ganze absurde Geschichte mit Kindern, Füchsin und arbeitslosem Emigranten, der sich als Veterinär betätigte. Spiderman wählte, mit Zustimmung der Frau, die fröhlichen Farben der Fischerhäuser des Landes, weiß die Mauern und blau die Umrahmungen. Oben auf der Leiter, mit dem Pinsel und dem Zinkeimer, sang und pfiff er den ganzen Tag Lieder wie die Zunft der Maler. Was haben deine Augen bloß, was hat nur dein Mund, sie lassen mich nicht wieder los, mein Blut geht rund und rund.

Und an dem Tag sagte Spiderman, er werde auswärts essen, obwohl Rosa sehr darauf bestand, er möge bleiben. Als er zurückkam, wobei er den Kindern begegnete, die auf dem Weg zur Schule waren, hatte er den Borsalino auf, den er manchmal trug, und das Jackett, das er mit den Fingerspitzen hielt, hing ihm über die Schulter.

Von der Pforte des Vorplatzes her sah er die Frau von hinten, in den Türrahmen der Hütte gelehnt, so konzentriert auf das Tier, daß sie ihn erst näherkommen hörte, als sie seinen Atem sehr nah, im Nacken, spürte und das Licht sich verdunkelte, denn auch er lehnte sich an die gleiche Stelle, den kräftigen Arm als Brücke benutzend. Ach, du bist's? sagte sie, nur aus dem Augenwinkel schauend, in der Höhe der nackten Brust des Mannes, die mit unzähligen Kalkspritzern übersät war. Und sie wollte sich nicht ganz umwenden, denn mit ihm im Rücken und den Blick in die Augen des Tieres getaucht, empfand sie ein Gefühl angenehmer Unruhe. Wenn sie sich umdrehte, würde er bestimmt zur Seite treten, und dann ginge jeder seiner Arbeit nach. Aber sie drehte sich nicht um, eher im Gegenteil, halb ungewollt, halb gewollt ließ sie sich sinken, gerade soviel, eine ganz leichte Bewegung, daß Körper und Körper sich berührten. Und auf dieses Zeichen folgte der sanfte Druck des Mannes auf ihren Hinterbacken, den sie erwiderte. Und Rosa ging in die Hütte hinein, mit brennenden Wangen, den Augen des Tieres hinterher, ohne sich umzuwenden, und er ihr nach und warf das Jackett und den Hut einfach von sich und faßte sie am Ellenbogen, damit er sie von vorne sah und sie sich wütend umarmen konnten, ohne recht zu wissen, was tun, ob kratzen oder beißen, so lange hatte der Aufschub des Krieges gedauert, daß sie murmelte Aber-was-machst-du-da, und er sagte: Gott!

43.

Und Albar trug Simón die Küste entlang, fern von Autos und den Häusern der Menschen, durch Engpässe und über Wege, die bis auf die Knochen in das weiche Bett des Waldes eingesunken waren, und Pfade, die kleine, im Dickicht verborgene Sänger miteinander verwoben. Diese Linie, gut sichtbar für die dreihundert Raben, führte sie am Dolmen von Dombate vorbei und von dort aus zu den keltischen Ruinen von Borneiro, von wo aus sie zu den Feldern von Meaño hinabstiegen und auf den Fluß Anllóns stießen, wo er zu Meer wird, in einer Weise, Señor, daß es einem die Seele verzaubert. Dort, in den wüsten Niederungen des Ozeans, sieht man, wie das ruhige Niedrigwasser von einem stürmischen Herzen besessen ist.

Man müßte auf dem Monte Blanco eine Schule der Schönheit errichten, sagte der König von Galicien melancholisch.

Und dann, Señor, als sie die binsenbestandenen Ufer des Anllóns bei Ponteseco passiert hatten, setzten sie ihren Weg fort in Richtung Corme, zum Stein der Schlange.

Schlange mit Flügeln! rief der König aus. Wer doch in diesem steinernen Buch lesen könnte!

Sie zogen weiter, auf Mens zu. Sie boten einen sehenswerten Anblick, der Reiter, der durch diesen römischen Landstrich galoppierte, und die dreihundert Krieger, die hoch oben flatterten. In der fruchtbaren Ebene grüßten die Frauen mit breitkrempigen Sankt-Kosmus-Hüten aus schwarzumbändertem Stroh. Und sie stiegen noch nach San Adrián hinauf, um ganz Malpica zu sehen.

Die Inseln! Die drei Sisargas! setzte der König hinzu. Heimat der Vögel des Meeres. Trottellummen, Möwen, Kormorane!

Und sie kamen durch Buño, das Dorf der Hafner, durch die rote Landschaft der Lehmgruben, der Ziegelbrennöfen, durch den Marktflecken der Töpfer.

Der Adel der Hände des Landes!

Das Gefolge zog am Stein der Truhe vorbei, dem keltischen Grab nach Art der Bretagne, und von dort aus, nach Norden hin, drang es in die Sandstrände von Bergantiños vor. Razo, Barrañán, Baldaio, mein Herr!

Ich weiß es wohl, Toimil!

Albar trabte am Saum des Meeres entlang, der Spur hinterher, die Regenpfeifer und Strandläufer in den Sand stickten. An diesem Ort ruhen Wesen aus, die von der Abenddämmerung der Welt kommen und ihr Blut an den afrikanischen Küsten aufwärmen. So Jahr für Jahr.

Sie werden gälisch singen!

Und finnisch, Señor, und flämisch und lettisch.

Schade, wenn man keine Sprachen kann! Diese Geschichten aus dem Norden haben viel Würze.

Später, von der Höhe der Felsen herab, sahen sie noch Caión, jene wilde Wiege, aus der die unsrigen auszogen, um den Wal zu jagen. Heute, Señor, hätte es das Aussehen einer tristen Vorstadt, gäbe es nicht das tragische Antlitz des Meeres, das es verschönt. Als sie sich Arteixo näherten, sahen sie sich plötzlich mit dem Verkehr der Landstraße konfrontiert. Die Autos rauschten an ihnen vorbei. Der Reiter, sehr aufrecht und mit hartem Gesichtsausdruck, hatte den Walkman aufgesetzt. Vielleicht hörte er, was so sehr nach seinem Geschmack war:

Durch das ferne Gebirge,
da zieht ein Reitersmann,
er irrt allein durch die Welt,
wünscht sich den Tod heran.

In Sabón näherte Albar sich dem Ausguck des letzten Binsengebüschs, ein Wunder, zu sehen, wie dort noch Stockenten, Krickenten, Enten mit goldenem Auge und Haubenenten wohnen, im Gegenlicht, das die Gebäude der Fabriken durchlassen. In Pastoriza stieg er zur Kapelle der heiligen Jungfrau der Bäurinnen und Fischerinnen empor. In Bens lag schon die Trostlosigkeit der Grenze in der Luft. Plötzlich krächzten die dreihundert Raben. Vor seinen Augen erschienen die Kessel der Dämmerung. Die riesigen Industrieschornsteine der Erdölraffinerie rösteten die ersten Schleier der Nacht. Die untergehende Sonne verglühte im Glassturz der Stadt. Die Autos zogen jetzt wie gleichmütige Lanzenreiter vorbei und stachen ihnen in die Augen. Auf einmal begann das Gekrächz der Eskorte sich mit einer Flut von Geräuschen zu vermischen, die aufs Geratewohl in dem Lichterchaos ausgespuckt wurden. Nur die rhythmische Beständigkeit des Trabs überlagerte den Krach der Hupen, Alarmanlagen und Sirenen, so sehr, daß es in der Avenida de Finisterre, dem dichtbevölkerten Einfallstor der Stadt, einen Augenblick gab, in dem alle Geräusche verstummten, um Albar zuzuhören, und da kehrte das Krächzen der dreihundert zurück, wie Seelen am Neonhimmel. Der Verkehr blieb an den Kreuzungen mit Kreisverkehr stehen, damit der Reiter sich frei bewegen konnte. Auf der Plaza de Pontevedra lief das Gerücht um, daß sich ein Mann zu Pferde nähere, und hinter ihm ein unzählbarer Schwarm von Raben.

In einer Ecke der Kaffee-Bar Borrazas, den Kopf sicher voller Unglücksvögel, setzte der Dichter Andy Brigo das Ende der Welt in Stanzen. Jahrelang hatte er der Graffiti-Bande angehört, sie hatten die Stadt mit Inschriften bedeckt wie *Es leben die exakten Wissenschaften!* oder *Nur Mut – Wissenschaft am Hut*, unterzeichnet BRK (Bewegung der rationalistischen Kunst). Die Gruppe löste sich aufgrund des Gerichtsurteils auf, das sie damit bestraft hatte, die Inschriften auf Mauerwänden und Autobussen der Verkehrsgesellschaft zu säubern. Bei der Verhandlung versuchten sie, der Verurteilung zu entgehen, indem sie sich zu Künstlern erklärten. Der Richter zog es vor, ihr Werk als »Rowdytum« zu bezeichnen. Bei einer späteren Berufung erklärten sie sich auf den Rat des Anwalts hin als verrückt. Der Richter akzeptierte mit Freuden die Argumentation, die begeistert von einem Experten vorgetragen wurde, der sein psychologisches Gutachten nach einem zweiminütigen Gespräch angefertigt hatte. Sie wurden also als Verrückte freigesprochen und nicht als Künstler. Dieser Vorfall hatte Andy Brigo sehr mitgenommen. Als Werbetexter von einer Werbeagentur gewonnen, erfand er täglich Reklameslogans, die durch ihre Wirkung große Erfolge erzielten. Er benutzte seine alten Graffiti als Inspirationsquelle, und jetzt standen sie schön und legal auf den Werbeflächen. Die Sache lief gut, aber er spürte im Innern ein tiefes Unbehagen. Vielleicht war es ihm deshalb ein besonderer Genuß, die Stunden der Dämmerung im Borrazas mit der Niederschrift des Werkes *The last day is close* zu verbringen, einer detaillierten Beschreibung der Apokalypse, die in Coruña zweifellos die Form einer allumfassenden Überschwemmung haben würde, mit Seesternen, die den Leichen die Augen aussaugen, Tintenfischen, die die Jugendstil-Karyatiden umklammern, und Krebsen, die sich in den Auslagen eines Wäschegeschäfts breitmachen.

Aber vorher, schrieb Brigo, würde König Arthus mit einem Heer aasfressender Rachevögel, den Rittern von der Tafelrunde, erscheinen.

Und kaum hatte er dies zu Papier gebracht, hörte er die Ankündigung eines Typs in schwarzer Nietenlederjacke und mit grünrotem Haar und Piratenring im Ohr, der von der Tür her das Erscheinen eines mexikanischen Reiters inmitten eines ungewöhnlichen Schwarms von Raben meldete. Andy Brigo war sprachlos. Dann ging er in Gesellschaft der Clique dem Herold hinterher, dem schon ein Zug von Bewunderern folgte.

Es ließen sich die dreihundert Raben auf den Dächern der Gebäude nieder, die im Orzán-Viertel aufs Meer hinausgehen, und da stieg Simón vom Pferd und begann, die Klingeln der Häuser zu drücken.

Wer ist da?

...

Ja, bitte?

...

Hallo, hallo. Aber wer ist denn da?

...

Er führte Albar am Zügel und drückte mit der anderen Hand die Knöpfe und hielt das Ohr hin in der Erwartung, die geliebte Stimme zu hören. Das Herz hatte ihn in diesen Teil der Stadt geführt.

Ja, ja?

...

Wer spricht da?

...

Bist du es?

...

In kurzer Entfernung und schweigend folgten Simón die Zeugen von Haustür zu Haustür. Die anonymen Stimmen der Apparate begannen sich zu verwirren. Sie wurden gereizt, sie wiederholten sich, plötzlich erkannten sie sich.

Wer bist du, wer bist du?

Ich. Und du, wer bist du?

Was heißt das, wer ich bin. Und du?

Aber wieso fragst du mich, wer ich bin?

Wer fragt was?

Ich bin vierter A.

Du bist vierter A? Aber ich bin doch neunter C.

Willst du raufkommen?

Raufkommen? Wohin?

Rowdys.

Ja, Rowdys.

Was? Wer ist da?

Einige Köpfe erschienen in den Fenstern und beschimpften die jungen Leute und die antworteten.

Besoffene Bande!

Unverschämte Kerle!

Am Arsch!

Wer ist da, wer ist da! wiederholte eine einsame Stimme aus dem Lautsprecher.

Aus einem oberen Stockwerk warf jemand eine Plastiktüte voll Wasser hinunter, die wie ein Peitschenhieb aufplatzte. Von der Straße her antworteten sie mit leeren Dosen, die gegen die Fenster prallten. Gleichmütig dem Spektakel gegenüber, setzte Simón seine Route der Klingelleisten fort. Nicht einmal die Polizeisirene beachtete er. Plötzlich fühlte er, wie eine starke Hand ihn an der Schulter packte. Er wandte sich um. Er begegnete einem perplexen Blick, der auf seinen mexikanischen Hut geheftet war. Er schob sie weg mit dem eisernen Arm, so heftig, daß der Uniformierte durch den Stolperschritt ins Taumeln geriet. Als sie ihn zum Stehenbleiben aufforderten, hatte Simón sich schon auf Albar geschwungen, der in Richtung Strand losgaloppierte.

Eine neugierige Menschenmenge drängte sich am Geländer der Promenade von Orzán. Im Laufschritt, in fröhlicher Aufregung durch das nachbarschaftliche Geplänkel, trafen die der Clique ein. Schließlich bahnte sich die polizeiliche Verstärkung mit Hilfe von Sirenen ihren Weg. Aus einem Wagen holten sie einen Scheinwerfer, der das

Ziel des Pferdes suchte. Albar lief in leichtem Trab über die Sandfläche. Dann blieb er stehen und vollführte ein paar Kapriolen auf dem Spitzenmuster der Ebbe. Alle Aufmerksamkeit richtete sich plötzlich auf die Wolke der Raben, die krächzend herunterstießen und die Laternen umflatterten.

Als sie versuchten, den Reiter von neuem zu lokalisieren, war nichts mehr zu sehen.

Er ist übers Meer! sagte Brigo.

Die Polizisten sahen ihn ungläubig an. Seine Stimme war heiser von schwarzem Tabak und starkem Schnaps. Das Revers der Jacke voller Sticker. Sie wußten, wer er war. Von der Graffiti-Bande. Übers Meer? Von wegen!

Das war König Arthus, Leute, ihr habt ihn entwischen lassen. Immer entwischt er euch.

44.

Und an diesem Nachmittag, erzählte Toimil dem König von Galicien, sehr viel früher als gewöhnlich, als die Dunkelheit noch nicht Spidermans Farben an den Wänden geschluckt hatte, kam der Mann nach Hause, mit großem Radiogetöse im Auto. Er kam auf seine Art gekleidet, die Krawatte um den Hals gelockert, und lief mit Münzen- und Schlüsselgeklingel, mit genau der Spur Entschlossenheit zuviel, die daher rührt, daß man nicht völlig betrunken ist.

Die Tür stand offen. Er hatte schon den Kopf hineingesteckt, als er zurücktrat und das neue Gesicht des Hauses betrachtete.

Spiderman spielte mit einem der Kleinen, den er auf seinen Knien reiten ließ. Neben ihm, am Tisch, machten die Größeren ihre Schulaufgaben. Im Teil der Küche ging Rosa umher, in der warmen, dunstigen Ruhe des kochenden Eintopfs. Als Cholo schließlich hereinkam, schienen alle sich auf ein Lächeln zu einigen, was dem Ankommenden nicht etwa gefiel, sondern ihn nur noch mehr von dieser Szene einer seltsamen, glücklichen Familie entfernte. Instinktiv näherte er seine Füße dem Herdfeuer.

Na, wie geht's dem Tier? fragte er.

Gut. Sehr gut.

Spiderman sagt, daß ...

Mir gefällt, wie das Haus geworden ist, sagte er, plötzlich das Thema wechselnd. Du mußt mir sagen, was ich dir schulde.

Was schon. Nichts, du schuldest mir nichts.

Wieso nichts? Arbeit wird bezahlt.

Nein, Cholo. Die Abmachung war für umsonst.

Was für eine Abmachung? Du hast eine Arbeit gemacht, ich bezahle sie.

Nein, Mann, nein. Es war einfach so, keine Arbeit oder sowas.

Eine Arbeit ist eine Arbeit, sagte er mit leicht trunkener Weisheit.

Spiderman spürte jetzt seine Anwesenheit näher, die mißtrauischen Augen starr auf sich gerichtet. Er würde ihn nicht loslassen, das war klar.

Eine Arbeit muß immer bezahlt werden. Sie wird bezahlt, wir trinken was, und alle sind zufrieden.

Mann, komm, lassen wir das.

Wieviel ist es? beharrte er. Er hatte schon die Brieftasche in der Hand.

Verdammt noch mal, Cholo, es ist nichts! Es war nur ein Zeitvertreib.

Wieviel? Zwanzig, fünfzig ... hunderttausend?

Spiderman stand auf und setzte den Jungen auf den Boden. Cholo klappte die Brieftasche in Höhe seiner Brust auf. In der Tiefe dieser Augen sah Spiderman den Kindheitsfreund, der Forellen fangen wollte, indem er mit einem Stock ins Wasser schlug.

Wir sind Freunde, Cholo.

Nicht, wenn du kein Geld nimmst.

Ist gut.

Er schaute zu Rosa hin. In der Ecke. Mit dem Rücken zu ihm, unbeteiligt, im Dampf. Ein Gefäß mit Buchstaben: Salz.

Ist gut.

So hab ich's gern. Wieviel ist es also?

Ich weiß nicht. Was du willst.

Dreißigtausend? Findest du das in Ordnung, dreißigtausend? Ich glaube, dreißig ist in Ordnung.

Dreißig? Sehr gut. Also dreißig.

Jetzt trinken wir was.

Ja, jetzt trinken wir was.

Na klar! Wir wollen auf die Gesundheit unseres Freundes trinken! Unser Freund aus New York! Er hob das Glas, und dann sagte er, als risse er sich einen Dorn aus: Und auch auf meine schöne Frau!

Und als Rosa stumm herantrat, die Augen gerötet hinter der Hitze des Tabletts, fragte er: Übrigens, wann gehst du wieder zurück?

Bald, sagte Spiderman.

Die Welt war im Aquarium des Glases, verzerrt durch den Weitwinkel. Er konnte ihre Gestalt am Grund sehen. Abgeflacht, stumm wie eine Indianerin in den Filmen. Er nahm einen langen Schluck.

Ja, sehr bald. Heute ist der Vertrag gekommen.

Und er trank das Getränk mit einem weiteren Schluck aus und sagte, es sei schon spät, bald sei es dunkel, und er wolle nicht länger stören, wogegen der Herr des Hauses, der Anstalten machte, noch einmal einzugießen, rituell protestierte. Aber Spiderman entfernte sich schon und sagte ein Auf Wiedersehen für alle, ohne jemanden anzusehen. Und das Auf Wiedersehen Rosas war auch so eines, bei dem sie nicht den Blick von den Dingen löste, die sie jetzt im Waschbecken in Händen hielt, versunken in die Ballade des Wassers.

An diesem Abend, erzählte Toimil dem König von Galicien, dauerte es lange, bis das Licht der Küche erlosch.

Rosa schob den Zeitpunkt des Zubettgehens so lange sie konnte hinaus. Als die Kinder schliefen und der Mann sich längst von der Flasche getrennt und hingelegt hatte, bügelte sie noch den Stapel Wäsche weg, und danach nähte sie noch an den Knöpfen und Rissen der Kindheit herum. Und als sie nach oben ging, tat sie es sehr langsam, um die schläfrigen Klagelaute der Bodendielen zu bannen. Sie zog sich neben dem Vorhang aus, im Mondlicht, und suchte im

Bett die Stelle, die von dem anderen, der schnarchte, am weitesten entfernt war.

Sie hatte die Augen nicht geschlossen, träumte wach, sie habe den Schlaf gefunden, diesen alten bärtigen Vagabunden, der sie sanft umarmte, als sie merkte, daß der Mann sich umdrehte und sie zu betasten begann. Und die Hand bewegte sich ohne Gespür und ohne Scham, immer größer, riesig, brutal. Und ihr hinterher kam der ganze Körper, entfesselt, mit keuchend gehendem Atem. Sie sah, wie der Schlaf entsetzt floh und über die Felder davonhinkte.

Er fühlte, daß sie angespannt war, bereit, Widerstand zu leisten, indem sie das Geschlecht mit den zusammengepreßten Oberschenkeln schützte, mit den Armen die Brüste verwahrte, die Hinterbacken verhärtete. In ihm wuchs, mit Wut und Begehren, eine mechanische Kraft, die Lust, diesen feindlichen Körper bis zur Seele zu beherrschen, zu bezwingen, gefügig zu machen, zu öffnen und zum Stöhnen zu bringen. Als er sah, daß sie trotz der Anstrengung nicht nachgab und zwei Tränen aus ihren Augenwinkeln quollen, geriet er in Rage und versetzte ihr mit der flachen Hand zwei Schläge ins Gesicht, die wie Peitschenhiebe in der Nacht klangen, und dann ritt er sie und drang bis auf den Grund in sie ein, wohin er nie zuvor mit seinem Schwert gelangt war, die Ellbogen als Hebel benutzend, den weit aufgerissenen, tränenfeuchten Augen die Zähne zeigend.

Als er in sich zusammenfiel und sich in ein totes Gewicht verwandelte, drängte sich die ganze im Kampf aufgebotene Kraft in Rosas Brust zusammen. Verzweifelt durch die Wiesen irrend, dem sanften Herrn des Schlafes auf den Fersen, fand sie eine Spur von Blumen lebendigen Blutes, Tränenblüten aus Augen, die sich in den Boden bohrten, blinzelnde Früchte in der offenen Wunde des Pflugs. Sie rückte mit Ekel von dem Mann ab. Voll Scham fühlte sie den klebrigen Fleck ihres Schweißes. Sie war sehr wach und spürte Schmerz. Der Mond schmückte das Zimmer durch den Vorhang hindurch mit chinesischen Schattenspielen aus. Sie stand auf, öffnete den Schrank und nahm die Pistole aus dem Schmuckkasten. Sie ging zum Bett zurück und ließ den Lauf über die Umrisse des Mannes wandern. Sie dachte nicht, und sie hatte keine Angst. Die chinesischen Schatten zuckten leicht auf dem Foto der Mutter und gaben ihr ein wenig Leben.

Mädchen, sagte die Mutter, wie spät ist es?

Spät, Mama, schlaf.

Und du?

Ich kann nicht schlafen.

Tu es nicht, Mädchen. Du wirst überall Flecken machen. Die Laken werden schmutzig. Blut läßt sich sehr schlecht auswaschen.

Schlaf, Mama.

Der Mond leuchtete so hell am Himmel, erzählte Toimil dem König von Galicien, daß es irregeführte Vögel gab, die in den Lorbeerbüschen zwitscherten. Sie ging hinaus, das Jackett des Mannes über dem Nachthemd. Es war kalt. Im Licht des Neumonds warten alle Dinge auf etwas. Als sie die Tür der Hütte öffnete, drang mit ihr der schimmernde Dunst der nächtlichen Helligkeit ein, und das Tier wandte sich um mit Sternenglanz in den Augen.

Du schläfst auch nicht. Nicht wahr?

Sie kannte diese Augen. Sie wußte um ihr Geheimnis. Zärtlich und stolz, sanft und wild. Sie kauerte sich nieder und näherte die Hand dem Kopf, ohne Angst. Die Füchsin ließ sich im Nacken und am hellen Fell des Halses streicheln, das Maul mit fügsamer Bitterkeit geschlossen.

Dann richtete Rosa sich auf und wies auf die Tür, die Freiheit, den Mond. Geh! Los, geh! Das Tier rührte sich nicht. Rosa versuchte, die Füchsin zum Aufstehen zu bewegen, indem sie sie zuerst anstieß und dann am Brustkorb hochzog, aber sie gab einen Klagelaut von sich und fiel in sich zusammen. Rosa weinte. Sie streichelte sie und weinte.

Dieses Mal werde ich nicht zulassen, daß sie leidet.

Und es stimmt, daß man keinen Schmerzlaut hörte, erzählte Toimil dem König von Galicien, nur den krachenden Schuß. Es war, was man einen sauberen Tod nennt.

45.

Die Glocke merkte, daß eine unerfahrene Hand den Schwengel betätigte. Sie brachte sie auf närrische, unregelmäßige, spielerische Weise zum Läuten. Sie war schon lange verstummt, abgesehen von Trauergottesdiensten, aber es hatte eine Zeit gegeben, da verkündete sie außer dem Tod auch die großen Ereignisse von Arán mit ihrer eigenen Musik: die Messen, die Geburt, den Feiertag, das Feuer, die Ernten, den Morgen, das Angelus, den Abend. Die Alten, die auf den Äckern arbeiteten, entblößten ehrfürchtig die Köpfe und schauten zum Glockenturm hin, wenn auch überrascht wegen des hektischen Gebimmels. Es waren nur ein paar Kinder, die fröhlich Auf Wiedersehen sagen wollten.

Kommt runter da! rief Rosa vom Vorhof her.

Wir gehen fort, wir gehen in die Stadt! riefen sie in die Felder hinaus.

Auch sie müßte froh sein, aber sie ging voll Unruhe in die Kirche hinein. Die Altäre waren leer, mit den Spuren der fehlenden Bildwerke in den Umrissen aus Staub an den Wänden. Die Jungfrauen von Arán, die heilige Maria, die Schmerzensmutter, die der Himmelfahrt, der Unbefleckten Empfängnis, des Beistands, der Verkündigung und der Hoffnung wurden in den Bauernhäusern bewacht aus Furcht vor Kirchendieben, die bereits Kapellen und Pfarrkirchen in der ganzen Region geplündert hatten. Es fanden keine Messen statt. Die pflichtbewußtesten Gläubigen gingen zur Sonntagsmesse nach Néboa. Der Pfarrer, dem sieben Gemeinden unterstanden und der nebenbei in einer Bank arbeitete, kam nur nach Arán, um den Toten den letzten Segen zu erteilen. Ab und zu reisten Leute von außerhalb an, vor allem im Sommer, um die Malereien zu sehen, die schönen Damen der Fresken von Arán. Aber die heiligen Sünderinnen litten wie niemand sonst unter den Unbilden der Witterung, nackt, ohne den Kalk, der sie jahrhundertelang beschützt hatte. Die grüne Flechte der Feuchtigkeit überzog allmählich die Farben und verbarg die Figuren, auch das Skelett und den Bogenschützen des Todes. Nur Rosa konnte sie ganz sehen, jede Einzelheit mit den Augen rekonstruieren. Sie drehte sich zum Hauptaltar um, da sie eine Anwesenheit spürte. Eine Maus hockte neben dem Tabernakel. Sie verharrte reglos. Sie schien sie unverwandt anzuschauen, aber Rosa verlor die Fassung nicht. Sie tat auch nichts, um sie zu verscheuchen. Aber ihren Blick, den erwiderte sie wohl.

Bevor ich gehe, dachte sie, sollte ich ausfegen und ein paar Blumen herbringen.

Sie schaute mich an, Señor, sagte Toimil zum König von Galicien. Nicht flüchtig, wie andere Male. Sie kam von den Ruinen des Stammhauses mit einem Zweig Kamelien in der Hand. Sie blieb stehen und hob den Blick zu mir. Nie hatte ich sie so schön gesehen. Ich weiß nicht, ob ich ohne sie werde leben können!

Ein tiefschwarzer Rabe kam von der Vogelscheuche geflogen, auf der er Wache hielt, und ließ sich neben ihnen auf dem Schornstein nieder.

Sie gehen fort, Simón, sagte der König von Galicien. Jetzt sind nur noch wir hier.

Es zieht ein Unwetter auf, Señor! kündigte der Wachposten der dreihundert an.

Achtung! krächzte der König. Und gleich darauf befahl er mit kühner Entschlossenheit: Gegen den Wind!